A RISADA DAS DEUSAS

Cette ouvrage a bénéficié du soutien du Programme d'aide à la publication de l'Institut français.
Esta obra se beneficiou do apoio do Programa de Auxílio à Publicação do Institut français.

A risada das deusas

Ananda Devi

tradução
Juçara Valentino

Chinti
9

Sadhana
75

Veena
123

Shivnath
207

Chinti

O homem afasta a cortina e contempla o corpinho adormecido, nu no calor condensado pela fumaça do incenso, nu na noite crepitante de brasas, nu nesse templo onde os deuses nunca dormem mas nem se preocupam com as ações dos homens.

A criança está separada da sala principal apenas por essa cortina. Ela repousa sobre uma esteira no chão. Gotas de suor escorrem ao longo de suas costas para impregnar a espuma da esteira. Sua respiração é lenta e profunda. Ao lado, um copo de leite exala o cheiro meio insosso, meio picante do cânhamo indiano que está misturado nele. No rosto virado para a porta, uma lágrima se grudou à asa da narina. A menina o emociona.

O homem se senta no colchão, tomando cuidado para não mover a criança adormecida. Como sempre, essa proximidade o faz tremer. Ele aspira o perfume tão característico desse corpo, mistura de suor, leite coalhado e eflúvios de mel, distinguível entre tantos outros. O perfume dela. Finalmente ele estende a mão para tocar aquelas costas sedosas. Ele sorri com ternura ao perceber que sua mão cobre completamente o torso estreito.

— Formiguinha... — ele murmura enquanto se debruça.

Eles chegaram ao crepúsculo, no exato momento em que se uniam os dourados do sol e das piras.

Nada revela a beleza com tanta perfeição quanto o anúncio de um fim iminente. Benares é a cidade do fim, de todos os fins. Aqui, se abandonam tanto as esperanças quanto os terrores. É por isso que apesar do barulho e dos gritos e das lágrimas, seu rosto de argila permanece tão tranquilo.

Ao longo do caminho, os corpos incinerados são apenas uma massa negra, compacta demais para conter a espessura dos vivos. A criança se pergunta para onde foi o resto, como a presença dos homens pôde se dissipar tão facilmente, se reduzir a esse punhado de cinzas, a esses fragmentos de ossos quebrados, deixados ali como sobras que logo serão jogadas no rio. É isso o que existe debaixo da minha pele? — ela se pergunta, aterrorizada.

No entanto, toda a cidade é dedicada à celebração da passagem da existência à morte. Uma indústria terrível condenada a refazer, dia após dia, hora após hora, o mesmo trabalho. Aqui, se encarregam de livrar os vivos do peso dos mortos. Tentam oferecer aos falecidos uma travessia mais fácil para o além, uma encarnação melhor, ou até mesmo a libertação do ciclo dos renascimentos. Mas acima de tudo, permitem àqueles que ficam que continuem a viver, tranquilos, aliviados, tendo colocado os despojos nas mãos de uma poder maior.

Sim, toda uma indústria de transportar madeira das distantes florestas do Himalaia, cortá-la, construir as piras, colocar os galhos e os gravetos em volta dos cadáveres. Então, untá-los com *ghee* e alimentar o fogo por horas até que tudo seja consumido. Depois, com longas varas, separar os resíduos que ainda estão em brasas, separar os ossos e as partes do corpo que não foram completamente queimadas. Jogá-los na água. Pequenos animais curiosos, os filhos dos Doms, encarregados da incineração, procuram por joias e objetos preciosos usados pelos mortos, agora inúteis. As cinzas serão coletadas e devolvidas às famílias. Mas uma parte será absorvida pelo corpo dos trabalhadores, das famílias e dos religiosos, através de suas narinas, de seus poros e de seus cabelos: invasão invisível.

O que acontece com a parte dos mortos que entra no corpo dos vivos? — se perguntou a criança.

Ela também viu corpos não incinerados, jogados sumariamente no rio. Eles vão se decompor ao longo da viagem, serão em breve devorados pelos peixes e por outros animais, mas e a alma deles, o que acontecerá com a alma deles? Ela não será transportada para o céu pelas fumaças da pira. Para onde irão, então, essas pessoas, nessa curiosa viagem?

A água debaixo do seu olhar tem a espessura oleosa dos corpos consumidos. Quando os peregrinos mergulham nela, será que sentem as marcas de toda essa humanidade afundada? Como enguias enroladas ao redor dos tornozelos, os suspiros, os arrependimentos, os cabelos?

Mas ela mal teve tempo de pensar em tudo isso. Assim que chegou, assim que o medo tomou conta dela, não houve mais espaço para a reflexão.

Ela foi levada para esse pequeno cômodo do templo, onde as preces, os cantos e o som dos sinos pareciam cada vez mais ameaçadores. A fumaça dos incensos a deixava atordoada. O leite espesso que ele a obrigou a beber embranqueceu seus lábios e a encheu de uma vertigem. Ela adormeceu assim que o bebeu.

Quando acordou, pouco depois, ele ainda estava lá. Ele disse a ela para dormir e ela voltou a fechar os olhos.

Encolhida, aterrorizada com a ideia de estar sozinha aqui, onde tudo parecia tão estranho, onde os espíritos são muito mais numerosos que os vivos, onde o canto dos mortos nunca é interrompido, ela fecha os olhos novamente e tenta se imaginar de volta ao Beco, com sua mãe, onde passou os primeiros dez anos de sua vida.

Sua primeira memória é de uma parede.

Uma divisória a separava de sua mãe. Uma divisória? Não: uma interdição. Era naquele lugar aterrorizado pelas sombras, uma reentrância onde apenas os ratos podiam fazer seus ninhos, que sua mãe, Veena, a deixava com a ordem de não fazer barulho e não se mexer. Durante muito tempo — tinha então um ou dois anos de idade — ela se contentava em se encolher e chorar em silêncio. Isso podia durar horas. Às vezes, ela adormecia de exaustão, e sonhava que ainda estava chorando. Seu rostinho ficava inundado: de lágrimas, de muco, de baba. Tudo isso tinha o tempo de secar e se liquefazer novamente antes que Veena viesse pegá-la de volta, como um animalzinho extenuado, levantando-a por um braço. Ela era então colocada em uma esteira diretamente no chão, esperando pelo momento em que o corpo de Veena desabaria ao lado dela, uma avalanche de ossos e tecidos, com o peso do cansaço e o perfume de suor e de sangue. Só então ela se sentia em paz; a tristeza se afastava por algumas horas. Sua mãe não a deixaria, não se separaria dela por uma divisória de compensado, não a deixaria congelar como uma boneca de cera na solidão.

Para aproveitar dessa condescendência, ela se esforçava para não dormir. Ela abria bem os olhos, apesar da ardência do sono que a desafiava como um diabo tagarela, que a surpreendia no caminho, que puxava seu corpo para o vazio, para o abismo, para o esquecimento. Ela mordia o polegar em vez de chupá-lo e seus pequenos dentes deixavam marcas tão profundas que nunca sumiam completamente. Depois de longos momentos de agitação, de suspiros e de gemidos vindos das profundezas de seu corpo, Veena acabava adormecendo. A pequena, então, avançava com cuidado, afastava a parte de cima da blusa que estava entreaberta sobre o busto voluptuoso e ousava colocar o seio ainda quente em sua boca, como antigamente, antes de o leite materno lhe ser negado. A criança passou, então, a engolir um líquido infame, mistura de mingau e leite em pó, do qual vomitava a quase totalidade antes do estômago decidir, por instinto de sobrevivência, digeri-lo.

Então, por sua vez, ela roubava uma parte da mãe. Não havia mais leite, mas havia outra coisa: uma textura, um gosto secreto, um consolo proibido. Sua língua se enrolava, habilidosa, em torno do mamilo. A mão ousava se aventurar pelas curvas cansadas e explorar a massa esponjosa onde ela teria de bom grado se enroscado. Ela respirava uma poeira de ser que havia se acumulado ali, que era a essência da mãe, partículas prateadas que ela lamberia e aspiraria para não perdê-la, para nunca mais se sentir esquecida e abandonada. Absorvida dessa forma, Veena sempre seria esse corpo mole como um tecido jogado no chão, esse seio descoberto e oferecido à filha, essa grande fartura de carne enfim pronta para acolhê-la.

Às vezes, o contato parecia agradá-la pois ela relaxava e descansava, como para entrar em um sonho mais tranquilo. Outras vezes, ao contrário, ela se enrijecia com esse contato, um vazio entre as sobrancelhas, se debatia e repelia, com a violência suave e lânguida do sono, a boca grudada nela como uma sanguessuga.

Meses passam. Nada muda. Mas um dia, enfim, a pequena percebe que há uma fenda na divisória. Ela compreende que aquilo não representa nem o fim do mundo nem o fechamento definitivo do horizonte. O universo não se resume a essa parede frágil.

Ela se coloca de joelhos e cola o olho na abertura. A princípio, não compreende essa perspectiva deformada. Então as coisas se tornam mais claras: os ruídos que sempre ouviu do outro lado não são emitidos por animais em uma batalha titânica que dura desde que ela existe (e cuja violência variava dependendo da hora ou da raiva, os gritos mudando do trompete de elefante ao guincho de rato), mas são emitidos por sua mãe e uma outra pessoa. Ela reconhece estupefata aquela coisa esperneante e nua. Nenhum tecido cobre a vasta terra que a recebe todas as noites. O outro, colado a ela, está meio despido. A luta travada por eles não é tão grandiosa quanto a dos monstros imaginários. Dois corpos desajeitados, simplesmente. E resmungos, queixas e gemidos grotescos. As nádegas do homem são peludas, divididas por uma linha escura e vermelha. As pernas de sua mãe, abaixo, são peixes mortos. Uma corrente de prata envolve os tornozelos dela. O traseiro do homem sobe e desce ritmado. Isso faz a criança rir. Os peixes mortos têm breves sobressaltos. As correntes nos tornozelos tilintam. O homem esmaga o corpo de sua mãe, o aprisiona na armadilha da própria gordura. Ele coloca a boca em um seio! Movimentos incessantes, cadências furiosas, ele bate com a palma da mão na coxa aberta, uma vez, duas vezes, e então, de uma só vez, ele se empina, o pescoço se contrai, e ele joga a cabeça para trás com uma careta de dor extrema. Ele pressiona com toda a força a parte inferior do corpo contra o da mãe.

No mesmo instante, ela abre os olhos e contempla o rosto contorcido sobre ela.

Mais tarde, quando vão se deitar, a criança não se aconchega nela para dormir. Veena não percebe nada e adormece soltando, como sempre, suspiros enraivecidos. A pequena se aproxima, mas somente para cheirá-la. O pescoço, o busto, o ventre, as coxas, os pés. Ela associa o cheiro estranho que sente à imagem do homem envolvendo sua mãe em uma maré de carne.

A partir de então, a fenda serve como uma escola. Ela não chora mais por estar sozinha. Ela observa, ouve, aprende.

Os homens se sucedem, todos diferentes. Os barulhos de animais em batalha, esses não mudam. Às vezes, é muito rápido. Eles nem sequer tiram as roupas. Às vezes, leva tempo. Veena aperta os punhos no colchão. A noite toda e parte do dia ela os espera. Entre um homem e outro, ela fica deitada por um momento, vazia, apagada, antes de voltar a se levantar. Ela não pensa na filha, exceto nas horas das refeições, quando vem lhe dar um prato de lentilhas. Mas a menina não se queixa mais. Sente que está mais próxima dela agora. Ela a acompanha. Ela entende a linguagem dos cães e dos corpos. Ela também entende que cada um dos visitantes devora uma parte de sua mãe, arranca um pedaço dela, depois outro, e que um dia não restará nada além da marca das unhas raivosas sobre o colchão fino.

Nesse beco que chamamos simplesmente Beco, quartinhos minúsculos se amontoam em três andares, com espaço suficiente em cada um apenas para um colchão no chão ou uma cama estreita, um pequeno tamborete, que serve de assento e mesa ao mesmo tempo, e uma bacia de água que, após algumas horas, está cheia de uma lama repugnante. Mulheres ficam sentadas na soleira da porta, arrumadas com roupas coloridas, lantejoulas, bijuterias e flores. Tanto um disfarce quanto um esplendor de beleza. Os grandes sorrisos estão danificados. O perfume que elas usam não mascara o cheiro desagradável de homem grudado em suas peles. E nada pode esconder a tristeza delas: nem o *kajal* nos olhos, nem o rosa nas bochechas, nem o vermelho nos lábios.

Nesse Beco com poças de água parada, nunca evacuadas, em meio ao musgo que reveste as paredes e o lixo amontoado pelos cantos, elas parecem, de longe, estrelas coloridas. Fragmentos de vidro, de riso, que captam as poucas luzes. Mas se chegarmos mais perto, mais perto: nesses corpos multicoloridos de amarelo açafrão, de laranja a cobreado, de verde limão instalou-se a mais perfeita escuridão. Neles a esperança se refugia para morrer.

Aqui está Gowri, trazida para cá de seu vilarejo quando tinha apenas treze anos, porque seus pais decidiram mandá-la para a cidade com um "tio" que dizia ter encontrado um bom trabalho para ela. É o papel dos tios nesses lugarejos, mesmo quando se trata de um conhecido distante, parente distante de um parente distante. A palavra trabalho não engana ninguém. Nos olhos de Gowri, e na boca de Gowri, e na testa de Gowri, e nas mãos de Gowri, é possível retraçar o caminho pelo qual a conduziu esse "tio": primeiro em uma carroça puxada por bois cujo olhar parecia oferecer a ela toda a piedade do mundo; depois a floresta onde ele a estuprou durante uma noite inteira; em seguida, na longa estrada em direção à cidade, em um caminhão, cercada por homens e outras moças, que parava toda noite para ensinar as meninas a "trabalhar". Gowri diria, por mais que se perguntasse, como em dois dias de viagem é possível compreender que cada parte do corpo tem sua utilidade e que nenhuma parte desse corpo pertence a você.

Há Kavita, nascida cega e muito cedo abandonada pela família, por ser mais uma boca para alimentar sem dar nada em troca. Tendo escapado do recurso do infanticídio, ela também teve que recorrer à única profissão possível: esse mundo é terrivelmente carente de imaginação. Poderia-se pensar que os clientes, com o medo supersticioso da enfermidade, teriam fugido dela e que ela teria sido banida do Beco. Mas as outras mulheres, por uma vez, não tentaram aterrorizá-la como aterrorizam as novatas até que provem, com obstinação e ferocidade, que merecem aquele lugar; a aceitaram porque ela era a prova viva de que havia mais miserável do que elas. Os homens, por sua vez, ao constatar a enfermidade dela, ficavam curiosos, queriam "ver" do que ela era capaz, como lidaria com as golpes que não poderia ver chegando. Assim, ela se tornou, contra todas as expectativas, popular. Ninguém sabe, no entanto, como ela vive nesse escuro permanente de onde emerge a violência sem aviso.

Há Janice, com um corpo magnificamente indecente e um rosto de uma desconcertante feiura. Os homens vão lá pelo corpo, é claro, pouco se importam com essa face que ela nem se dá ao trabalho de esconder com um véu. Apesar disso, as outras mulheres invejam os seios dela, que parecem dois globos solares atraindo todos os olhares, e o contorno dos quadris, que poderia ser transformado em canção se houvesse poetas no entorno — não há.

Há Bholi, que acham que é idiota, mas que não é, ela guarda para si os pensamentos e os sonhos, e responde a todas as perguntas com um olhar morno, sem o menor vestígio de compreensão, e uma boca meio aberta. Isso a torna inofensiva. Se fazer de imbecil permite a ela construir uma sólida armadura de solidão.

E tantas outras, e tantas outras; meninas, velhas, corcundas, magras, gordas, tantas outras que esperam diante de seus quartinhos, no rosto um falso sorriso e os pés na merda. Tantas outras acabaram ali porque sem isso bateriam as botas. Elas envelhecerão ali e acabarão morrendo de fome quando seus corpos estiverem muito acabados e elas não tiverem conseguido se tornar cafetina ou companheira de um cafetão.

Os filhos delas nascem e crescem aqui; as meninas esperam a vez delas e os meninos esperam a vez deles. Não da mesma forma.

É um mundo, sem dúvida. Em cada quartinho, em cada cabeça, em cada coração, esse mundo minúsculo se constrói, cresce e morre. O quartinho, esse, continua o mesmo. Apenas a mulher muda. Ela distingue cada dobra do corpo, cada osso, cada camada de gordura, cada golpe impresso em seu olho cada vez mais negro. Rapidamente, ela acrescenta cores, mais rosa choque nas bochechas morenas, mais vermelho nos lábios para camuflar as rachaduras, mais lantejoulas nos sáris e nos véus, e mostra mais os seios para que os homens parem aqui e não em outro lugar. Sentadas, levantam as saias para expor as pernas, às vezes cheias de cicatrizes, às vezes surpreendentemente graciosas, todas exibindo as infinitas cores da terra e da pedra.

Em todas as estações do ano, elas estão lá. Com um ventilador debaixo do sári para refrescar as nádegas ou um fogãozinho a carvão, que tem um chiado familiar e que parece querer pegar um pedaço do véu delas para alimentar o braseiro. Em alguns meses, o Beco inteiro fica coberto de guarda-chuvas coloridos e de um ruído como castanholas. É preciso gritar para se fazer ouvir e aceitar ter os pés dentro da água até a metade das canelas.

Durante a monção, os quartinhos se enchem de água e as crianças devem esvaziar, secar, varrer. Tudo é coberto com lonas de plástico azul brilhante, de uma alegria enganadora, para proteger principalmente a esteira — caso contrário, terão que atender o cliente em pé, o que rende menos dinheiro, ou então deitadas com as costas na água, as roupas e a pele igualmente ensopadas e enrugadas, as cores fugindo e deixando apenas um trapo de carne encharcado de cinza. A cada monção, o dia se torna mais miserável, a manhã mais cansativa, a vida menos suportável.

A mãe da pequena, Veena, parece ainda mais mal-humorada. Da prisão que compartilham, ela observa as trombas d'água que deságuam no Beco e que o vento empurra para dentro, ela aperta os dentes, empurra a água com uma vassoura, declara guerra à chuva e emite um grito furioso a cada movimento dos braços. Lendária, a raiva de Veena! Quando dá de comer à pequena, enfia os dedos dentro da boca dela como se quisesse sufocá-la. A criança não choraminga como teria feito apenas alguns meses atrás. A escola da fenda ensinou a ela a ficar calada para não ouvir a voz do monstro escondido na mãe. Ela engole o arroz e as lentilhas sem mastigar, mesmo se estão muito quentes, mesmo que, às vezes, um pedaço de pimenta vermelha escorregue em um bocado, pois Veena está sempre com pressa, e ela nunca tira os olhos da mãe pois cada imagem dela é preciosa. Por mais um instante, elas estarão juntas, reunidas por esse toque íntimo, o dedo dela na minha boca, elas estarão juntas porque está chovendo demais para que os clientes comecem a chegar, e está bom assim, mais um pouco de chuva, pede a pequena, para que esse momento dure. Mas logo Veena a obriga a terminar a refeição, vai atrás do quartinho para lavar a tigela, traz um copo de água, dá a ela para beber e limpa o rosto dela sumariamente. Em seguida, empurra a menina para trás da divisória, no espaço minúsculo que é o universo dela (escória indesejada, companhia dos camundongos exultantes), depois se prepara, nem se olha no espelho trincado de tanto que odeia esse rosto, essa boca, esses olhos onde nada mais vive.

Ela se veste, passa rapidamente as mãos nos braços cobertos de hematomas, quase imperceptíveis na pele escura, mas cuja ardência não se apaga jamais. Ela penteia os longos cabelos, arrancando, impiedosamente, os nós rebeldes, os coloca para o alto com uma presilha adornada com pérolas de plástico prateadas e fixa o cacho de flores comprado mais cedo com o vendedor ambulante que, todos os dias, circula pelos quartinhos com cestas de flores penduradas na bicicleta.

Quando ele vem, todas as mulheres sorriem. Aqui, até os pequenos milagres têm importância. O perfume das flores ainda frescas consegue triunfar sobre o fedor do Beco. As cores acalmam a alma, a beleza restaura as mulheres. Cada uma guarda algumas notas amassadas para essa minúscula janela que se abre para uma maravilha. As mãos acariciam, afagam, levantam as flores para cheirá-las. Depois, com um gesto universalmente gracioso, ajustam-nas nos cabelos, sabendo que uma parte da maravilha permanecerá com elas, resistirá com elas, o tempo de um dia, o tempo de uma noite.

Sim, as flores são uma espécie de resistência; a única permitida a elas.

Após a passagem do vendedor, o interlúdio poético acaba e a longa valsa dos outros atores dessa microeconomia começa. Vem o vendedor de leite com grandes recipientes de metal nos quais bate com uma concha num ritmo reconhecível de longe. Depois o vendedor de rosquinhas, cujo odor açucarado ou salgado sempre é atraente para a pequena que nunca come quando está com fome. Depois a vendedora de produtos de maquiagem, todos fabricados na Índia, mais baratos que os que vêm da China, pois são feitos com produtos de qualidade ainda pior — os batons borram, a base forma, no fim do dia, uma massa de cheiro rançoso, o kajal queima as pálpebras —, mas não importa, elas querem gastar o menos possível. Depois têm as recargas telefônicas, o chá, o álcool, os cigarros, as sandálias e as roupas, e todos os vendedores ambulantes vêm até elas, pois são clientes fiéis, elas podem, então, sonhar por um instante e tentar esquecer as longas horas que as esperam.

Mas como esquecer quando os ratos, quase tão grandes quanto gatos, põem as cabeças para fora das pilhas de lixo? E os cabritos vêm pastar a ponta de seus véus, e os fios elétricos, desconectados da rede para alimentar gratuitamente o Beco, oscilam em cachos mortais acima delas, e as crianças de rua, ainda mais pobres, rastejam na sujeira, jogando a realidade na cara delas?

Veena não é estimada pela cafetina, se é que ela gosta de alguém. Ela tem suas preferidas: as jovens, as dóceis e as risonhas. Mas Veena não é jovem, nem dócil, nem risonha. Pelo contrário, ela carrega a raiva como uma bandeira e seu sorriso mais sedutor está sempre impregnado de um desafio furioso que muitas vezes faz os clientes rirem, eles que, aqui pelo menos, têm todos os poderes e nenhum temor das mulheres. Ela não entende como uma raiva tão vibrante, tão viva como a dela, uma raiva que retorce as entranhas, pode diverti-los. As outras mulheres conhecem bem a tempestade contida nesse corpo. Durante todos esses anos, ela não fez uma única amiga.

Ela chegou aqui como se tivesse sido empurrada por um vento de tempestade. Desgrenhada, quase desfalecida de fome, ela carregava nos braços um bebê tão magro que não se podia imaginar que sobreviveria. Mas os olhos dela já ardiam e a cafetina estremeceu ao vê-la, percebendo naquela coisa destruída uma chama que poderia agradar aos homens. Uma lutadora para domar, imaginou ela que conhece todos os pensamentos de suas meninas e dos homens que as consomem. Ela sabe o que os frequentadores querem e o que desejam aqueles que vêm pela primeira vez. Ela entende o que significam os dentes serrados, um sorriso de canto de boca e cada tipo de cicatriz. Os homens são simples de ler. As meninas são bem menos, mas são infinitamente maleáveis. É quase a mesma coisa. Elas sabem esconder os pensamentos, reprimir os instintos e, acima de tudo, sobreviver. Mesmo que sejam, na verdade, raivosas, ciumentas, melancólicas, desesperadas ou perfeitamente estúpidas, nada disso transparece na superfície; tudo é rapidamente transformado em uma risada intensa demais para ser decifrada e é bom que seja assim.

Mas ao ver Veena, com a carga de raiva, o corpo dilacerado e o bebê nos braços, a cafetina imediatamente imagina lucro. Aqui está alguém que vai agitar um pouco a gaiola, ela pensa, rindo baixinho. Às vezes também é necessário. Se não, as meninas ficam todas iguais e o rosto delas não diz mais nada, um rosto sem vida e sem forma. Os homens, mesmo que venham para uma rapidinha, sempre precisam de uma história. Que a mulher que os recebe ofereça à imaginação, ao mesmo tempo que ao corpo, com o que se alimentar. Que saiam de lá querendo continuar a história iniciada. Veena, é evidente, tem um corpo cheio de lendas. Inclusive aquelas que eles mesmos escreverão.

Isso não a impede de ser detestada. Ela nunca sentiu vontade de fazer um esforço para ser amada. Desde os quatro ou cinco anos de idade, aprendeu que esses esforços são inúteis e, ao contrário, só atiçam as brasas. Ela se lembra da sua mão de criança pregada em um fogão a carvão porque estava tentando, com um pouco de insistência, chamar a atenção da avó. Um choque como esse carboniza qualquer vontade de afeto. Não há mais lugar para doçura e gentileza. Só há espaço para o ódio. Os pais fizeram de tudo para se livrar dela o mais cedo possível, mas os pretendentes não apareciam. Ela não tinha dote, não era de uma casta elevada. E bastava ver a pele escura e os olhos ainda mais obscuros para que os poucos pretendentes fugissem. Finalmente, embrutecida pelas punições constantes e pela falta de comida, ela fugiu, seguindo por estradas desconhecidas, escondendo-se nas matas, juntando-se a outros viajantes que lhe ofereciam proteção em troca de favores, o que lhe parecia normal. Ela acabou grávida, uma história tão antiga que nem a perturbou, já que era apenas a continuação lógica das coisas.

Chegando à cidade, ela se dirigiu ao bairro das prostitutas, certa de que também poderia sobreviver a isso: era preciso. Ela tinha razão. Era o único pouso possível para ela, para todas elas. E para as duas.

Mesmo assim, sua raiva não se aplacou. Pelo contrário, amplificou-se, floresceu com liberdade total e finalmente se voltou contra a filha, que carrega em si as sementes de um futuro em todos os aspectos semelhante à sua própria vida, e a mesma impotência. Isso a envolverá, a engolirá e a matará, porque Veena não poderá fazer nada para impedir. No máximo, dar a ela um quartinho onde dormir, uma parede de compensado para protegê-la, um bocado de comida, um lençol para se cobrir. E a música feia dos corpos como som de fundo.

Assim, o ressentimento de Veena foi se intensificando dia após dia. E ela não sabe como dar vazão a ele, se é que isso é possível. Como tirar de si tamanha fúria? Essa cascata, esse oceano, esse terremoto? Impossível! Ela dorme com ele, vive com ele, respira com ele. Ela teme desaparecer sem esse duplo de si mesma que a mantém de pé como uma estaca de aço com uma ponta afiada introduzida em sua vida.

Aquela a quem até agora chamam *Beti*, "a criança", na verdade não tem nome. Isso não é culpa dela: Veena nunca sentiu a necessidade de lhe dar um, esperando que essa falta de identidade a faria desaparecer rapidamente. Mas a criança resistiu, obstinada como todas as ervas daninhas. Uma trapalhada de bebê, isso é o que ela era. Nada que merecesse um nome, especialmente não o de uma santa, isso confundiria as coisas e arriscaria atrair alguma bênção enganosa antes de se tornar algo desprezível. Isso teria dado a ela, por um tempo, uma impressão de alegria ou de amor, como quando as mulheres sorriem para ela ou os homens se divertem brincando com ela como se fosse uma boneca de pano. Mas no auge da ilusão, a realidade teria batido: a palma da mão grudada nas brasas, os sonhos afogados na dor. Não, realmente não valia a pena dar a ela um nome.

Se ela morresse na invisibilidade, teria sido perfeitamente conveniente para Veena. Mas a criança aguentou firme. Ela resistiu, primeiro chorando atrás da divisória, depois se tornando estranhamente serena. Veena não tentou entender. As poucas vezes em que pensa na pequena, ela mal se pergunta por que as lágrimas desapareceram. Uma menina sem nome que não chora não prenuncia nada de bom, ela pensa, antes de se deixar engolir por um sono agitado.

Veena nunca chama por ela. Quando fala com ela, é apenas para dar ordens. Abra a boca, fique quieta, vá dormir. A menina não responde. Veena se pergunta se já ouviu ela falar alguma vez. Será que ela é muda? Claro que não, já ouviu ela gritar e chorar antes de se tornar silenciosa. E ela também não é surda, já que obedece às ordens. Então por que se recusa a falar? Uma idiota intencional, como Bholi, então.

Veena dá de ombros. Que importa? Para ela, todas são inválidas, deformadas, aleijadas. A vida se encarrega de quebrar os membros delas um a um antes de torcer seus pescoços. Aves no viveiro, cujas penas são arrancadas uma a uma até terminarem completamente nuas. Depois, tudo começa de novo.

Qual a importância? A existência delas é uma longa sequência de abandonos. Não há necessidade de palavras, nem de lágrimas, nem de nome. Talvez a existência da pequena seja o símbolo do destino delas: morrer fingindo viver.

Enquanto isso, a chuva deixa Veena fora de si. É uma luta interminável, nunca vencida, mas também uma excelente válvula de escape para sua raiva. A chuva é a inimiga mortal que reúne todos os seus adversários: sua avó, seus pais, os homens, a cafetina, as mulheres, a pequena. E principalmente ela mesma, não podemos esquecer.

Então, ela se agita, mexe, varre, esfrega e enche baldes, acaba dando chutes na água que entra em jorros no quartinho e adiciona a ela (mas isso ninguém vê) as próprias lágrimas. Ela insulta a água, mas apenas em voz baixa, para que não a considerem louca.

É assim que, quando o santo homem Shivnath passa um dia em frente ao quartinho dele, é violentamente aspergido por uma fúria de pernas nuas, com o sári levantado até a metade da coxa, os cabelos desgrenhados, o rosto contorcido como um demônio dos livros antigos. Ele para, atônito: nunca foi tratado dessa forma. Ele esquece de se ofender. Pelo contrário, antes de qualquer coisa, ele acha essa fúria cômica, uma nova experiência nesse Beco onde as mulheres às vezes são bonitas, às vezes feias, mas nunca engraçadas, porque o ridículo certamente as arruinaria mais do que qualquer outra falha. As piadas delas são indecentes, as risadas também. O jogo de sedução delas consiste em murmurar, fazer charme ou lançar palavras obscenas destinadas a descrever a fabulosa virilidade dos clientes ou os talentos linguais delas mesmas etc. Os seios se desnudam, as bocas se abrem, os cílios agitam suas asas e as piscadelas esvoaçam. Isso, sim, ele conhece bem. Mas um espetáculo de raiva sem limites e sem propósito como esse? Uma tal desordem íntima? Não, ele nunca viu isso.

Ela, enquanto isso, tendo notado a presença dele e medido, com um olhar experiente, a limpeza das roupas (antes dele ficar encharcado), as unhas limpas, os cabelos bem penteados, a cabeça erguida, a pele relativamente clara e percebendo que aquele cliente era diferente dos outros, talvez mais agradável de cheirar que os outros, se acalma como se tivesse levado um balde de água fria na cabeça. Rapidinho ela arruma as roupas, coloca os cabelos em ordem, enxuga o suor do rosto com a ponta do sári. E ela sorri.

Como foi dito, o sorriso de Veena é lendário. Longe de ser sedutor, ele fala de uma longa, longa história de ódio. Um desafio soberano ao silêncio dos deuses, de uma aspereza que reveste seu rosto com estilhaços de vidro e arame farpado. Um sorriso tão pouco feminino que desconcerta todos aqueles aos quais se dirige.

Shivnath também fica desorientado com essa brusca mudança de humor. Ele vacila sobre as pernas, segura firme no grande guarda-chuva e continua olhando para ela, se perguntando que tipo de louca a cafetina, que ele conhece e frequenta há muito tempo, desenterrou dessa vez dos vilarejos infinitos do país. Ele sabe que, de tempos em tempos, ela encontra uma excêntrica para atrair fregueses cansados dos mesmos corpos, tirar o homem da monótona banalidade e insuflar nessa parte tão essencial dele, que é o seu pau, um sangue novo e vivo. Ele se pergunta se, no fim das contas, uma harpia para domar não seria exatamente o que ele veio procurar aqui essa noite, após longos dias de jejum e oração. Um sangue novo e vivo para seu membro querido.

Shivnath, o *swami*[1] respeitado por todos, alta estatura, cabelos generosos tocando os ombros, mãos finas, unhas limpas (isso já foi dito, mas são realmente notáveis, essas unhas brancas e rosa-coral), roupas recém-lavadas, macias e bem passadas, então para em frente ao quartinho de Veena e lhe dá um sorriso que não é uma resposta à estranha careta da mulher, mas o sinal de sua benevolência masculina, a prova de que ele está disposto a dedicar a ela seu tempo, para sujar seu *dhoti* branco-aurora e receber, em troca, seu prazer.

Veena não acredita nos próprios olhos e na sua sorte. Ela pensa que aquele homem, pelo menos, parece civilizado. Grave erro. Se há homens que não podem ser chamados de civilizados são os homens de deus.

Finalmente, aos nove anos, a pequena decide se dar um nome. Mas não qualquer um. Um nome secreto, um nome verdadeiro, um nome tirado do silêncio, um nome que dirá quem ela é. E que ela é. Até aqui, ela foi uma sombra, uma ausência. Alguma coisa nela exige existir.

Ela pensa durante muito tempo sobre isso. Sabe o nome de todas as outras, mesmo daquelas que apenas passaram por ali. Não quer ser uma Bholi, uma Janice, uma Gowri, uma Mary, uma Fatima e, sobretudo, não quer ser uma Veena. Então o quê? Não quer um nome de atriz de cinema, certamente. Nada de Priyanka, Deepika, Kangana, pois ela sabe que essas estrelas existem em um outro planeta, a própria beleza delas é inconcebível, inumana, elas nada têm a ver com as mulheres do Beco, demasiado humanas.

Um dia, ela escuta a cafetina reclamar que há muitas formigas em seu apartamento. Ela pede a uma menina para vir caçar as *chinti* que fazem ninhos nas paredes e invadem tudo, devoram a comida e vêm picá-la de noite. É então que decide que também é uma formiga, ela fez seu ninho atrás de uma divisória (deixou ele mais confortável amontoando velhos sáris que as mulheres jogaram fora, um cobertor mofado achado na rua e pequenos objetos de que ela gosta, como o curativo que Veena havia amarrado em volta do dedo quando foi mordida por um rato); ela pode se embrenhar em qualquer lugar; e se há comida em algum lugar, ela logo ataca. Ela vai se chamar, então, Chinti, a formiga.

Chinti assume, dessa forma, uma personalidade toda nova. Ela será aquela que se infiltrará nos interstícios, verá tudo e não será vista por ninguém. Talvez correrá o risco de ser esmagada por pés muito pesados, mas sempre será capaz de se esconder antes que isso aconteça e revidará mordendo-os. Chinti não é uma menininha, mas um inseto de mandíbulas potentes, de antenas sensíveis, de patas ágeis. Aquela que conhece os caminhos secretos que outras não conhecem e que pode ver através das paredes. Chinti ainda não tem família nem tribo, mas está certa de que os encontrará assim que desenvolver seus novos poderes.

Desde que Shivnath vem visitar a mãe, as aulas da fenda se aceleraram. Mas ainda há mistérios que ela não compreende. Por exemplo, Shivnath muda de personalidade de acordo com o dia e com o mês. Quando está de jejum, ele se torna mais grosseiro. Quando comeu e bebeu bem, ele cobre Veena de carinhos. E Veena parece tão fascinada por ele. Ela se arruma com mais zelo quando sabe que ele vai vir, e se torna então menos intolerante, mesmo que depois que ele vai embora, ela volte à dureza de antes ou mergulhe na melancolia. Aos olhos de Chinti, Veena é um pouco menos Veena após a passagem de Shivnath, como uma coisa estragada que não tem consciência de si mesma.

Chinti, por sua vez, se prepara para ser mais que Veena. Para não se tornar um animal que grita durante os terríveis combates da carne. Para ser uma pequena criatura invisível que se infiltra, desliza, ocupa livremente os espaços e sobre a qual nunca pesará o peso de um homem, seja ele limpo como Shivnath ou não. No fim das contas, na escola da fenda, todos os animais contorcidos que se abatem sobre sua mãe, se parecem. Shivnath não é tão diferente do oceano de gordura descabelado que ela tinha visto pela primeira vez se abater sobre Veena.

Eu sou, ela pensa, a formiga vermelha que se camufla, que escapa, que pica os homens na parte gordurosa do corpo, deixa a marca de suas mordidas e não recebe nenhuma em troca, principalmente os roxos que eles deixam na pele de minha mãe. Eu sou aquela que vai escapar do Beco.

Chinti, pequena formiga alada, sobrevoa os próprios sonhos. Pela primeira vez desde que encontrou um nome, ela sorri. Durante esse tempo, Veena olha para ela com reprovação. A filha não deveria sorrir. Não há nada aqui que convide ao riso, sobretudo uma criança.

Uma vontade de bater na filha toma conta dela, mas ela se contém; a mão desiste. Não, ela pensa, dessa vez não. Ela não fez nada. Além do mais, de onde vem essa vontade de bater na filha como se estivesse punindo a si mesma? Ela a observa furtivamente. Está crescendo rápido, muito rápido. Não pode mais ser ignorada e deixada de lado. Os olhos da filha parecem finalmente exigir serem vistos. Mas vê-la é aceitar uma responsabilidade que Veena sempre rejeitou. Essa maternidade que é uma falsa alegria para as mulheres, uma corrente a mais, uma escravidão a mais, ela nunca quis. Mas então seu corpo e seu coração a traíram. O coração e o corpo da mulher são diabólicos, ela pensa, eles trabalham para nos dominar. (Ela ainda não sabe que eles também podem ser milagres.)

Ela desvia, exasperada por esse sentimento novo de culpa (e uma espécie de hesitação, de estremecimento, uma vertigem de amor desconhecida). Ela não quer nenhuma fonte de fraqueza em sua vida. Quando chegar a hora de dá-la para alguém, farei sem remorsos, promete a si mesma.

Dá-la para quem, para quê? Ela não ousa se aventurar mais adiante nesse caminho glacial.

Nesse meio tempo, Chinti vê a estranha relação entre Veena e Shivnath se desenvolver. Eles são fascinados um pelo outro. Shivnath vem de novo e de novo, apesar da cara feia que faz quando entra no quartinho. Veena comprou um lençol limpo que guarda só para ele. Ela tem o cuidado de limpar o cômodo antes que ele chegue, acende bastões de incenso que queimam ao longo do dia e da noite. Mas as paredes estão muito impregnadas com a imundice dos anos, com a sujeira dos corpos, com o odor do sangue para que ela possa oferecer a ele um local limpo. Chinti acha que as caretas de desgosto de Shivnath são falsas e que, no fundo, ele gosta de mergulhar nessa sujeira, nessa imundice tão densa que transpassa todas as peles. É verdade: ele tem vontade de sujar a barra da calça branca de algodão, sempre tão limpa, tão bem passada, tão bem engomada, de ver a água empoçada chapinhá-la de cinza, depois voltar para casa com esses cheiros grudados como bocas em sua pele, para lembrar a ele que pode escapar. Que ele tem escolha. As portas, para ele, estão abertas. Ele só precisa esticar a mão para colher os frutos que deseja, inclusive os mais podres. A possibilidade da escolha: o grande poder dos homens.

Chinti começa a observá-lo com o mesmo desejo que a mãe. Pouco a pouco, compreende que ele é diferente dos outros homens, que ele não é da mesma espécie. Ela tem vontade de saber quem é ele, ele que, cada vez mais e contrariamente aos outros machos, parece tão cheio de mistérios. Compreender o que ele faz ali com a mãe, a exploração que fazem um do outro em meio aos mucos e às secreções, naquele colchão que, apesar do lençol limpo, guarda os miasmas de centenas de outros que passaram por ali. Compreender essa obsessão.

Sim, Shivnath não é igual. Ele vem de um outro mundo. Ele chega e vai embora sem ser contaminado pelo infortúnio que vive aqui. Ele não é um motorista de tuk-tuk, nem um vendedor de chai, um lixeiro, um varredor de rua ou um desses comerciantes que tem uma banca não muito longe e que ficam um pouco mais à vontade que os outros, mas carregam os mesmo desejos. Ele não é um pequeno funcionário público grisalho, resvalando-se pelas paredes, e que treme quando goza. Nem um policial que vem cobrar sua parte valendo-se do cassetete.

Ela acaba entendendo quem é ele: um *swami*! Chinti sabe que esses são homens santos, que falam com as divindades e que, talvez, as comandem. Imaginar um homem que dirige o invisível faz com que ela mergulhe na perplexidade. E ela conheceu aqui apenas a expressão de alguns poucos poderes. Mas homens como Shivnath não obedecem ninguém. A própria Veena, apesar da raiva flamejante, sempre presente, ajoelha-se diante dele como diante de uma divindade. Será que ele é realmente divino? Mas então, o que faz aqui? Chinti não entende.

O que Shivnath vem procurar aqui? Decididamente, Chinti não entende.

Sim, é verdade, Shivnath é um homem de deus, um *swami*, um homem santo. Mas, sobretudo, ele é um fino político, um hábil estrategista, desses que sabem manipular seu rebanho, sobretudo os ricos e os poderosos, pois é de lá que vêm as vantagens.

Todos crédulos, todos supersticiosos, todos tentando dobrar a sorte de acordo com as próprias vontades e influenciar os astros que nos espreitam com olhos maus para obter a fortuna que perseguem com a tenacidade dos caçadores de ouro. Muito cedo, Shivnath teve a esperteza de fazer milagres graças a artimanhas de ilusionista e truques de mágica. De início, foi a plebe ingênua que se interessou, construindo, assim, a reputação de homem que sussurra no ouvido dos deuses. Os mais ricos logo vieram. Foi assim que ele previu que um político ainda desconhecido se tornaria ministro nas próximas eleições, e a um homem de negócios cujas empresas pareciam ir mal, que elas não iriam à falência e que ele teria sucesso para além das expectativas. As duas previsões se concretizaram e os dois homens ficaram convencidos de que Shivnath era responsável pela sorte deles. A partir de então, todos os sonhos eram permitidos: o ministro seria Primeiro ministro e o homem de negócios seria milionário. Eles tinham recebido a garantia do céu.

Teria sido por sorte que Shivnath fez duas previsões tão justas? Não. Shivnath não confia na sorte. Ele leu os jornais, escutou os fortes rumores das ruas, acompanhou a evolução da popularidade de um deles nas redes sociais e a trajetória dos negócios do outro na Bolsa. Munido dessas informações, distribuiu conselhos, plantou sementes que germinariam, regou as esperanças criadas dessa forma. Manipular os homens é um negócio delicado: Shivnath não ficou surpreso com o próprio sucesso.

O que no início não passava de um pequeno templo familiar dentre os milhares de templos dessa cidade do norte da Índia, começou a atrair cada vez mais fiéis. Políticos e homens de negócios poderosos, o país está cheio deles. Mas todos sabem que a progressão social depende da intercessão dos homens santos junto aos deuses: tudo depende da corda bamba do *karma*. Apenas homens como Shivnath têm o poder.

O pequeno templo se tornou grande. Utilizando uma retórica erudita adaptada a nossa época vingativa, Shivnath devolveu os títulos de nobreza a Kali, a sanguinária, fazendo dela a Defensora da Índia sagrada. Apenas Kali, ele dizia, pode nos proteger de nossos inimigos ancestrais (quer dizer: os muçulmanos). Instigar os covardes não é difícil quando você sabe como fazer. Shivnath sabe bem.

Ele poderia, visto os talentos que tinha, se lançar na política ou nos negócios. Mas para que isso serviria? Em seu templo, ele goza de uma aura que ultrapassa de longe a dos homens comuns. Ele não está sujeito a votos; seu poder vem de outro lugar: ele vem mais do alto, do mais alto, e ninguém ousaria questioná-lo. Ele executa sua obra com uma delicadeza requintada, tal qual uma aranha tecendo uma renda de ouro.

Agora ele tem um templo novinho, construído em um terreno conquistado graças aos recursos dos políticos e dos donos de empresas que ele ajudou a prosperar. Um templo cujas cúpulas, diferente das outras, mais antigas e feitas de pedra simples, são cobertas de folhas escarlate que dão a ele um brilho solar, visível de longe, na colina onde ele se encontra. Um templo que promete o paraíso a um preço que varia de acordo com o cliente. As estátuas das divindades são vestidas de seda e de brocado. Como é possível ver a imensa estátua de Kali, situada na entrada do templo, em seu terrível esplendor de comedora de homens, e não temê-la e venerá-la ao mesmo tempo? Em todos os cantos, o olhar é tomado por rostos de mármore, serenos, ferozes ou desumanos, ornamentos que custam o salário anual da maior parte dos fiéis, joias que brilham tão forte sob o sol que aqueles que olham para elas, choram, deslumbrados, crendo-se tomados pela graça. Esses sinais vulgares de riqueza representam o ápice dos sonhos deles: o nirvana moderno é recoberto de folhas de ouro e as pessoas caminham por ele sobre notas de dinheiro. Por essa razão, o templo de Shivnath, com sua feiura de novo rico, está decididamente na moda e atrai muito mais o populacho, facilmente enganado, do que os austeros templos feitos de pedra bruta.

O ponto alto da construção é um cômodo interno coberto de cortinas prateadas e pontos de luz estrategicamente posicionados para que o sol entre com o máximo de intensidade. No centro, não há uma divindade; nada de Krishna, Vishnu, Hanuman, Shiva ou Rama; nada de Durga, Lakshmi, Sita ou mesmo Kali: mas um homem, sentado à mesa, diante de um computador, segurando na mão um telefone celular, uma cama de casal com dossel atrás dele. Tudo isso em mármore folheado a ouro. O homem está vestido de seda dourada. O computador é uma réplica perfeita. Já o telefone é de verdade. Ninguém sabe se ele ainda funciona.

E é ele, ele mesmo, Shivnath, que está representado ali, trabalhando com um semblante concentrado, o peso do mundo sobre os ombros. O escultor conseguiu dar à estátua uma semelhança tocante com o modelo, mas também deu a ela uma grandeza e uma profundidade místicas que a tornam igual às divindades presentes no templo. A testa enrugada indica a preocupação com o destino dos fiéis; o computador e o telefone testemunham a presença no mundo moderno. A cama cuidadosamente arrumada mostra que ele dorme pouco, pois vive muito ocupado.

Esse quarto é objeto de fascinação de todos. Como um porta-joias secreto dentro do templo, ele diz aos pobres mortais que cada um deles pode se elevar à categoria de divindade, desde que passe várias vidas se aperfeiçoando (ou que se torne uma estrela incontestável de Bollywood). Ninguém duvida que Shivnath tenha chegado ao fim do longo ciclo das reencarnações: ele representa o apogeu de uma gloriosa humanidade. Ou sua degradação final.

Graças a esse cômodo, a esse porta-joias precioso, Shivnath alcançou a divindade ainda em vida, sem que isso chocasse ninguém. Pelo contrário, os fiéis se prostram diante da estátua dele com a mesma facilidade que o fazem diante daquelas dos outros. Além do mais, a religião hindu sempre foi uma religião inclusiva, sincrética, pronta a aceitar todos os profetas e santos e dar a eles um lugar em sua hierarquia infinitamente complexa. Há, no fim das contas, divindades para tudo: o sol, a lua, os campos, o arroz, o trigo, os animais, as vespas, a varíola, a chuva e por aí vai. E tem também Buda, Maomé, Cristo (mas hoje em dia não se fala muito mais deles para não confundir as coisas). Então, por que não Shivnath? — pensou Shivnath enquanto construía o próprio templo. Até seu nome significa "servidor de Shiva". Isso é suficiente para dar a ele um lugar nesse panteão. Os fiéis também entenderam isso perfeitamente.

A presença desse templo é um sinal não apenas da fé, mas também do lugar da religião no bairro deles, que tem tanto hindus quanto muçulmanos. Em um país onde o hinduísmo se tornou uma reivindicação cada vez mais violenta ao invés de um conformismo passivo, nada disso pode ser deixado ao acaso. O templo de Shivnath é um farol que indica a todos um caminho a seguir, uma bandeira para carregar. Esse templo é o sinal do poder crescente e do terreno conquistado a cada dia por um fundamentalismo nutrido pelo poder político. Se uma convocação para uma guerra religiosa fosse lançada, ninguém ficaria surpreso: todos se alistariam.

Quando Shivnath visita o bairro das prostitutas, ele o faz abertamente. É a melhor tática. É para convidá-las, ele anuncia, a seguir um outro caminho, um caminho de luz. Para salvá-las, levar a elas o consolo da eternidade. Que ele desapareça por muito tempo atrás das portas de metal ou das cortinas de plástico dificilmente impressiona quem o reconhece: todos sabem que a alma dessas mulheres perdidas não será salva tão facilmente. É o sacrifício, eles pensam, que um verdadeiro homem de deus deve aceitar para cumprir corretamente sua missão. Ele segue, segundo ele, o exemplo de Gandhi, que dormia nu entre as duas jovens sobrinhas para provar sua abstinência (não se sabe o que pensava a esposa do Mahatma, Kasturba).

As mulheres do Beco, por sua vez, certamente sabem da verdade, mas quem as escutaria? E por que arriscariam perder um cliente importante revelando os verdadeiros motivos dele? Elas guardam as fofocas e as piadas para os momentos em que se reúnem para uma xícara de chai adoçado ou para beber e poder rir do grande homem, descrevendo seu corpo pálido como um *chapati* mal assado ou uma carne de porco crua, depois como ele peida na hora de ejacular, quanto mais forte ele goza, mais forte ele peida, como uma trombeta anunciando sua conquista, um canto de glória para as divindades, um peido com cheiro de incenso mestiço do *dhal* da véspera, graças ao qual ele poderá arrombar as portas do nirvana! De tanto rir, ficam com dor de barriga. Somos as únicas que fazem ele ouvir a voz dos deuses! — exclamam zombeteiras.

Ah, esse riso! É ele que as reconstrói e as une, esse riso da raiva e da noite, dos sonhos destruídos e das esperanças amputadas: ele é o único poder delas.

Ah, se Shivnath soubesse! Não há risco, ele vive em sua nuvem divina, sua nuvem de ouro e de incenso, e se esquece dessas mulheres assim que as deixa para voltar com ainda mais alegria, o coração e o corpo leves, para seus afazeres. Rapidamente ele vai contemplar sua estátua, recompensa pelo longo dia. Ele estremece de alegria e de orgulho, assim como de um certo temor escondido, temor de ter ido longe demais. Dito isso, a ideia de uma transgressão não o desagrada.

Então, algum cordeiro destinado ao abatedouro dos deuses vem se prostrar diante da estátua e colocar diante dela uma bandeja de flores, frutas, cânfora e dinheiro, e tocar os pés dela para ganhar sua bênção. Nesse momento, as trombetas na cabeça de Shivnath são tão gloriosas que ele se esquece de todos os temores.

Chinti, aos dez anos, ainda se sente à vontade entre as paredes da casa, como em um corpo de mil segredos. Ela adora ficar escondida para observar as mulheres enquanto elas dormem ou se vestem, tomam banho ou se maquiam. É o seu teatro pessoal. Dentro do espaço minúsculo, cada uma delas cria um mundo próprio, com fotos de atores, imagens sagradas ou bibelôs. Não há fotos de família: todas estão mortas para as famílias e vice-versa. Mesmo que as lembranças desse passado que elas dissimulam cuidadosamente debaixo das dobras das roupas, esse passado de tumbas e arrependimentos, de traições e rejeições, ainda resistam. Pois como enfrentar de frente aquilo que são? Se por vezes elas conseguem abolir a ausência e, sobretudo, o grande vazio do amanhã, nos raros momentos em que se entregam, corpos lânguidos, a elas mesmas, nada pode protegê-las do ardor da memória nem do peso da lucidez.

Onde poderiam encontrar alguma consolação? Nas paredes lamuriosas ou no pouco de dinheiro que escondem atrás de um tijolo? Ou então nesses olhos que lhes jogam na cara a impotência delas mesmas como um jato de ácido? Faça-me rir. Este país tem muito de tudo; homens, mulheres, crianças, pobres, fracos, animais, insetos, tristezas, memórias, histórias, ilusões. Um longo rio de corpos abandonados, tornados inúteis por esse excesso inconcebível: aqui tudo existe e tudo é destruído. Logo, aqui tudo é dispensável. As dores têm os punhos cerrados sobre os tornozelos e puxam, puxam bastante, sabendo que um dia eles vão ceder.

Não as mulheres do Beco. Elas estão tão acostumadas a lutar, suportar, se levantar e aguentar mais um pouco, que resistir parece normal. É a ordem imutável, aquela contra a qual não se pode rebelar. O que importa é se levantar de novo, talvez pela última vez. Ao invés de se perder em pensamentos, elas lavam os longos cabelos, deixam que eles sequem ao sol e os desembaraçam cuidadosamente, passam esmalte fúcsia nas unhas dos pés, remendam as blusas puídas, contemplam os véus e os saris preferidos, pois tudo isso faz parte das alegrias permitidas, dos pequenos prazeres que elas ainda têm a possibilidade de saborear e que fazem com que esqueçam de suas peles desgastadas, cortadas, mil vezes costuradas.

Chinti olha para elas e tenta compreender, decifrar a linguagem de seus corpos, de seus olhares. Ela sabe que o que sai da boca delas é mentira: elas nunca dizem o que pensam. Mas a verdade surge na curva de uma nuca, em um desviar de olhos obscuros, na incerteza da boca, no suspiro dado apenas pela metade. A verdade está na garrafa do falso uísque, quase álcool puro, tingido com um corante amarelado, que se esvazia lentamente ao lado da cama. A verdade está no murmúrio que sai então da garganta delas, como um canto ignorado, uma harmonia fragmentada.

Chinti acaba por conhecê-las melhor que a ela mesma e certamente mais que sua mãe. Ela as compreende sem que precisem dizer uma só palavra. Elas também têm consciência de Chinti. Sabem da origem dos chiados e dos ruídos atrás das divisórias. Quase se sentem consoladas por esse olhar curioso que as observa sem pedir nada em troca. Sabem como ela prende a respiração enquanto se maquiam, enquanto fazem o traço preciso do kajal em cima da pálpebra e colocam o *bindi*[2] bem no centro da testa, depois contornam a boca com o roxo de uvas maduras. Como ela esconde um sorriso quando elas se olham nuas nos espelhos quebrados, fazendo poses de artista para diverti-la. Um sorriso então nasce nos olhos delas, naqueles olhos cansados, aquele olhar de crepúsculo moribundo iluminado pela estrela Chinti. Quando finalmente têm direito ao sono, elas cantarolam, com uma voz estragada por cigarros ruins e pelo álcool, canções de ninar quase esquecidas para adormecer Chinti e mantê-la por um pouco mais de tempo perto delas, em um pequeno momento de ternura.

Mergulhadas nesse sono muito próximo da morte para ser descanso, elas se permitem murmurar a própria história, confiar a esse coração ainda novo coisas que não contaram a ninguém, sabendo que se trata de uma escuta pura, de um espírito sem julgamentos. Chinti é aquela que recebe o sofrimento delas e o torna mais leve, e elas sabem que revelam muito mais que as próprias histórias: desvelam para Chinti o ser mais profundo delas mesmas, a verdadeira natureza debaixo da armadura que moldam há tanto tempo que nem sabem mais que estão usando. Mostram-se nuas, até a centelha bem no fundo de seus ventres que se recusa a se apagar e que Chinti percebe como um milagre.

Não se sabe de que são feitos os sonhos delas. Delicados ou terríveis, sempre são armadilhas: uma ilusão com gosto de cinza que se dissipa ao acordar ou um mergulho ainda mais profundo no pesadelo do dia. Mas quando percebem a presença de Chinti, uma outra música se faz ouvir: o riso de criança que triunfa sobre todos os medos, supera todas as tristezas.

Ria, Chinti, ria e nos salve de nós mesmas, mesmo que por um instante, liberte em nós esse coração despedaçado, abra para nós as páginas de um mundo novo, Chinti, oh Chinti...

Ria, Chinti, pois nossos sorrisos não têm mais nada de verdadeiro.

Ria mais.

E mais.

Ao acordar, elas não se lembrarão de mais nada. Mas ao ver Chinti, o coração delas amolece de ternura e estremece.

À medida que cresce, a formiga começa a fazer pequenos favores a elas: comprar cigarro, garrafas de bebida ou pãezinhos; pintar os pés e as mãos delas com henna (com que habilidade esses dedinhos desenham os entrelaçados e os arabescos que cobrem de rendas as mãos e os pés!); desembaraçar e pentear os cabelos; fazer gracinhas para rirem. Em troca, recebe algumas moedas que guarda em uma caixa em seu ninho de rato, ou um breve abraço de um corpo que ainda cheira bem, apesar do suor e do almíscar, ou um beijo furtivo no alto da cabeça. Coisas que Veena nunca dá a ela. As outras mulheres do Beco se tornam, dessa forma, mães substitutas; ou será que é Chinti que se torna o anjo da guarda delas? Pouco importa. A escuridão do torno se dissipa quando Chinti passa. É por isso que a amam.

Toda comunidade precisa de um mascote. Chinti será a delas. Mais do que isso. Uma espécie de... ousaremos pronunciar, aqui, essa palavra? Ousaremos ultrapassar essa barreira? Uma espécie de esperança fortuita. Não é que estejam se enganando, não. Elas sabem que não há nada para elas além do Beco e das próprias vidas. Elas que não têm filhos, ou então sabem que estão condenadas à mesma existência, veem nessa pequena, nessa Chinti, uma outra possibilidade; um outro caminho.

A esperança talvez lhes seja vedada, mas não a ela. Não a Chinti, elas imploram às divindades que governam, indiferentes, os seus sonhos. Basta ver os olhos da menina, eles contêm tanto de uma deliciosa malícia, e a boca que treme entre o riso e o choro, e esse silêncio secreto que a envolve em um brilho tão frágil: ela não deve, não, ela não pode se tornar aquilo que elas são e elas farão de tudo para que isso não aconteça, mesmo que tenham que destruir o céu para que Chinti possa voar.

Assim, as mulheres do Beco passam o tempo livre a envolver Chinti com as canções, as vozes e as histórias delas. Parecem querer embalá-la com suas ilusões despedaçadas. E Chinti permite. Ela tem fome de ternura.

A melhor amiga dela é Bholi, aquela que dizem que é retardada. Bholi e Chinti se parecem. Elas não são estúpidas, apenas espertas demais para se exibir. Ao invés de falar, Bholi se contenta em sussurrar. Para Chinti, e apenas para ela, fala sobre o passado. E sobretudo sobre o amor por coisas brilhantes. Foi o que fez com que um dia seguisse aquele homem, aquele mendigo que tinha nos olhos um brilho dourado.

Nos dias de festa, Bholi usa grandes presilhas em forma de borboleta nos cabelos. Ninguém sabe de onde vieram. Ela diz que, um dia, um belo homem deu as presilhas a ela. Um ator de cinema, ela explica. Ninguém acredita, mas permitem que ela tenha seus devaneios. Maravilhosas, peroladas, coloridas, finamente ornadas, elas são o maior tesouro de Bholi. Na noite do *Diwali*,[3] quando o Beco e o bairro se enchem de lampiões e de mil luzes, e que o cheiro das iguarias triunfa sobre o cheiro da sujeira, ela coloca a roupa mais bonita, de um amarelo tão vivo que faz com que ela brilhe como um lampião. Ela desfaz a trança dos cabelos e separa duas mechas que prende com as presilhas-borboleta. Quando se olha no espelho, vê outra coisa além da magricela de cabeça baixa e boca semiaberta de quem todo mundo zomba. Ela vê uma jovem mulher de olhar doce, decidida, enfeitada com cores brilhantes. Uma mulher que não precisa passar no rosto camadas e mais camadas de uma maquiagem clareadora (que, ela sabe, torna a pele acinzentada e a devora lentamente). Que não precisa usar *cholis*[4] muito decotados debaixo do sári nem exibir as pernas. Enfim, uma mulher normal, que poderia trabalhar em um escritório, ser vendedora em uma loja ou garçonete em um restaurante (ou seja, qualquer coisa, menos o que ela é). Mas apesar do que diz seu olhar, seu ofício está inscrito em sua pele como uma tatuagem. O jeito de andar, de se sentar, de olhar para os homens, de sorrir, tudo isso a identifica com tanta clareza como se tivesse sido marcada com ferro quente. Ela não consegue se livrar disso, mesmo quando sai para fazer compras: o peito aprumado, o sorriso que mostra demais os dentes, os quadris que se balançam, logo as mulheres normais lançam olhares de reprovação e os homens encaram descaradamente. Automatismos incutidos desde que chegou ali e sem os quais os clientes não viriam.

Bholi sabe que não pode simplesmente desaparecer. Então, quando o cliente está fisgado, ela se apaga através do silêncio e de uma espécie de vazio, para que nenhum homem tenha vontade de ficar muito tempo, mesmo que isso signifique perder dinheiro. Ser funcional, apenas; buracos para saciar os desejos deles, sim, mas não uma pessoa, não um ser de pensamentos e de sonhos, não uma mulher que um dia poderia voar ao amanhecer com os pássaros e reencontrar a claridade do céu, a pureza da cidade de onde veio. Um conjunto de buracos e esqueça meu rosto, principalmente, para que não me reconheça em outro lugar, esqueça quem eu sou, que eu sou. Boca, vagina, cu, um, outro, ou uma combinação dos três, como quiser, não importa a ordem, como desejar, ou ao mesmo tempo, se for da sua vontade, mas inacessível. Pois quando tiro minhas roupas e que uma ponta do meu sári ou do meu véu me cobre o rosto, quando meus olhos se fixam em tudo que é invisível para você, você não poderá saber quem eu sou, o que eu sou.

Não se pode escapar tão facilmente, Bholi, do caminho da desesperança. Como pagaram por essa hora, nenhuma migalha pode ser negada a eles. Carne vendida e revendida, mas não somente a carne, cabelos, unhas, ossos, cada pedaço pertence a eles, e também aquilo que está por baixo, o medo, a esperança, a expectativa, o horror, e o que está ainda mais abaixo, a menininha medrosa que se esconde debaixo da pele e tenta ficar invisível, tudo isso pertence a eles, uma vez que pagaram por essa hora. Pagaram por essa hora em que estamos na mais pura inexistência das coisas, nessa fragilidade em que não sabemos se em breve ainda estaremos vivas, inteiras ainda, capazes de andar ou de falar, e se reconheceremos nosso próprio rosto no escuro.

Mas Bholi aguenta firme. Nos dias sem homens, ela coloca as borboletas nos cabelos e dança no Beco, se esquece de quem ela é, sabendo apenas que é. Debaixo da chuva ou no calor que umedece os quadris, com os cabelos molhados ou ondulando livremente em volta do rosto, ela se permite rir e esquecer, enfiar o tempo em um canto da memória, e ela não é mais a idiota de boca aberta e olhos mortos, mas um ser fluorescente, cheio de cores, enfeitado com borboletas, um pouco mágico, um pouco fada.

Mas um dia, Bholi abre a caixa de papelão onde guarda seus tesouros e as borboletas não estão mais lá. Ela procura por todos os cantos do espaço estreito que lhe é concedido, mas elas desapareceram. Esse vazio, essa ausência, mais do que os abusos que sofreu, mais do que a infelicidade de seu nascimento, fazem com que ela perca todo o controle. Ela grita, joga o restante dos tesouros no chão, pisa neles, arranca os cabelos, se joga no chão e grita mais ainda. As outras mulheres acodem, convencidas de que ela está sendo morta por um homem ou de que foi picada por uma serpente. Mas conseguem fazer com que ela se acalme, tudo o que consegue dizer se resume a duas palavras: minhas borboletas...

Então o olhar de Bholi se fixa na escuridão que ela havia até então recusado, repelido apenas com a força de seu corpo magro, do espírito rebelde, da fé na beleza. A luz das borboletas agora está apagada e ela vê claramente como será o resto da vida aqui, nessa feiura enclausurada, em meio ao tumulto de corpos e vozes. Seu lábio inferior cai, como se estivesse solto; uma gota de saliva fica pendurada ali.

Deixa ela em paz, a pobre retardada, murmuram as mulheres com o coração subitamente tomado pela compaixão.

— Por que você está chorando? — pergunta Veena.

Chinti está tremendo. Sem fazer barulho, as lágrimas escorrem numa silenciosa violência.

— Mas por que você está chorando?

Bholi se enforcou.

Por causa das borboletas perdidas.

Chinti ama Bholi, mas ama também as borboletas. Ela quis apenas pegá-las emprestado por alguns dias, como se fossem dela, como se também possuísse uma joia que a deixaria bonita nos dias de festa, bonita e despreocupada e sorridente. Ela não sabia. Que essas borboletas eram a única coisa que Bholi guardava na vida. Que eram a vida dela. Que sem elas, ela morreria.

Em seu esconderijo, Chinti olha para as borboletas. Não sabe o que fazer com elas. Não pode jogá-las fora, porque as ama. Não pode levá-las de volta para o quarto de Bholi, porque o quartinho, após a remoção do corpo pendurado em um lenço cujas lantejoulas douradas se espalharam ao redor formando uma bela constelação (tudo em Bholi resplandece, até mesmo a morte), agora pertence a outra. Guardá-las sem poder usá-las? Isso serviria para quê?

Então Chinti chora, convencida de que matou Bholi. De que a alma de Bholi se refugiou nas borboletas e fulminará Chinti assim que colocá-las na cabeça.

— Por que você está chorando? — grita Veena depois de três dias nos quais Chinti não comeu nada.

Chinti se sente um minúsculo farrapo. Veena não entende. Empurra a menina sem nenhuma delicadeza de volta para o ninho, atrás da divisória, mas a ruga entre as sobrancelhas não desaparece. Essa tristeza desconhecida perturba Veena.

Naquela noite, Shivnath, uma vez saciado, toma um tempo para observar Veena.

— O que está acontecendo? — ele pergunta. Não te deixei satisfeita? (Diz isso com ironia, pois não está ali para satisfazê-la.)

Veena balança a cabeça, preocupada. Com a cabeça em outro lugar, ela rói uma unha. Ela se prepara para levantar da cama, mas Shivnath a segura.

— Me fala! — ele ordena.

Não se pode desobedecer um Shivnath.

— É a menina, minha filha — diz Veena. Desde que Bholi se enforcou, ela não para de chorar. Como se fosse Bholi a mãe dela!

Essa última exclamação foi involuntária. Veena não desconfiava do próprio ciúme.

— Bholi... a retardada? — perguntou Shivnath.

— Ela não é... não era retardada, apenas silenciosa.

— Para uma criança, o suicídio de uma pessoa próxima é uma tragédia — afirma Shivnath. Chame a menina. Vou conversar com ela.

Veena, desconcertada, olha para Shivnath.

— Você quer falar com ela? Mas por quê? Ela não é nada.

— Eu sou um *swami*, minha filha. É o meu papel consolar e explicar a vida.

Veena hesita, mas o olhar de Shivnath se endurece. Ela não tem escolha: vai buscar Chinti em seu buraco e leva até ele seu pequeno ser melequento e malcheiroso, um pouco envergonhada.

Shivnath observa a criança de olhos imensos, de lágrimas imensas. O corpo, os ossos, a massa de cabelos que a desnutrição e a sujeira tingiram de vermelho, a boca triste, o estremecimento dos soluços. Um arrepio o percorre; sobretudo na parte baixa do abdômen.

— Venha aqui, criança.

Chinti se aproxima. Shivnath a segura pelo braço e, apesar do cheiro dela, ou talvez por causa dele, a coloca no colo. Ela se senta sobre a coxa poderosa do homem de deus.

E então a coxa começa a tremer. Shivnath empalidece. O que o faz estremecer assim? Naquele lugar que toda mulher desperta, onde seu poder de homem é soberano, certamente, mas também em outro lugar, mais acima, no peito, ele acredita reconhecer um sentimento há muito esquecido: a ternura. Ele acaricia os cabelos da criança, levanta o rosto dela.

Lágrimas estreladas, tristeza molhada. Deuses, será que ele já havia contemplado algo tão comovente? Toda aquela confiança naquele olhar voltado para ele. Tamanha fragilidade! Maleável boneca de pano... Ele toca o rosto da criança, segue com o dedo pela bochecha tão suave.

— Você deveria manter a menina limpa — ele fala para Veena, que se enfurece ao vê-lo contemplar a filha dessa forma. É uma criança, ela não é responsável pelos pecados da mãe. Da próxima vez que eu vier, quero ela de banho tomado e corretamente vestida, não em farrapos.

Para Chinti, ele murmura:

— Eu sei que você está triste, minha pobre menina. Mas o tio Shivnath vai trazer presentes para você da próxima vez. O que você quer?

Chinti olha dentro dos olhos dele:

— Bholi — ela diz.

Shivnath dá uma gargalhada.

— Sou um *swami* — ele diz — não sou Deus! Não posso devolver a vida para sua Bholi. Ela certamente está mais feliz onde está agora. Mas desse lugar, ela vê você, e não gostaria de ver você chorando, não acha?

Chinti balança a cabeça. Bholi gostava de sorrisos, não de lágrimas.

— Então, querida menina, se quer pensar em Bholi, pense sorrindo, não chorando. É assim que ela será consolada.

— E se eu fiz alguma coisa que fez mal a ela? — pergunta Chinti, quase desesperada.

— Bholi vai perdoar você. Lá onde está, ela pode entender que uma criança pequena sempre é inocente do mal que comete. Apenas à medida que crescemos, cometemos o mal conscientemente, e apenas então precisamos ser punidos. Não antes. Você entende? Não antes.

Essas palavras são como um clarão na cabeça de Chinti. Shivnath abriu uma porta, soltou as correntes em torno dela. De uma só vez, ela está liberta do peso da culpa. Para ela, é um milagre.

Então, ela levanta o rosto em direção a Shivnath e sorri para ele.

Essa dádiva interrompe os batimentos do coração do homem.

Nem ela nem ele escutam o ranger dos dentes de Veena.

Kali é nossa parte selvagem, a obscuridade em nós que tanto tememos. Ela transpassa nossas vidas para deixar escorrer nossos maus e nossas esperanças e nossos venenos em rios de sangue. Kali é a Mãe, a Morte, o Tempo, o Negro, a Cólera, o Temor. Kali é o amor destrutivo.

Dizem os livros sagrados.

Enfim, ela é tudo e o contrário, o que é bem prático, isso nos deixa livres para compreendê-la de acordo com nossas vontades, com total liberdade de exegese. O que faz com que vários crimes sejam cometidos em nome dela (inclusive nos filmes). Hoje, Kali se tornou uma divindade como qualquer outra, um pretexto, sejamos francos, um símbolo que une os imbecis e permite controlar as multidões.

Shivnath não acredita verdadeiramente em Kali. Ele herdou a função de sacerdote do pai que, ele sim, era um fervoroso adorador dessa deusa devoradora de corpos, que carrega em volta do pescoço um colar feito de cabeças de homem cortadas e em volta dos quadris, um saiote feito de braços arrancados.

Shivnath soube, entretanto, tirar proveito dessa herança: construiu para si um império. Todo o seu rebanho, ele diz, são os filhos de Kali. Todos, inclusive as prostitutas que lotam o seu bairro. Quando vêm ao templo e que os outros fiéis olham para elas com cara feia, ele abre bem os braços para acolhê-las. Elas são as herdeiras dela, ele diz, vítimas da sociedade que as despreza. O dever dele é levá-las de volta ao caminho de Kali. Salvá-las é sua maior vitória.

A lógica é confusa. Se isso fosse verdade, se elas fossem herdeiras de Kali, não teriam também a capacidade de destruição dela, e não deveriam, há muito tempo, ter fulminado aqueles que as condenaram antes mesmo de terem nascido? Se isso fosse verdade, não deveriam ter aniquilado aqueles que, todos os dias, ano após ano, as esmagam e as enterram?

Ah, às vezes me pergunto: o que aconteceria se elas realmente fossem filhas de Kali? Imaginem por um só instante se essa deusa toda-poderosa se manifestasse cada vez que as mulheres são abusadas das mil formas inventadas nesse país de excessos e de atrocidades, nesse país onde o homem é a única verdadeira religião e as mulheres, suas adoradoras subjugadas! Basta que uma mulher esteja sozinha em um caminho mal iluminado, de noite, para que não passe de um corpo à disposição. Ministra, mulher de negócios, médica, professora, milionária ou camponesa intocável, pouco importa o que você é: à noite, todas as mulheres são carne. Corpo oferecido como alimento. Infelizmente! Por mais que a religião tente colocar as mulheres ao lado dos homens, Shakti ao lado de Shiva, Lakshmi ao lado de Vishnu, falar sobre o equilíbrio cósmico do *yoni*[5] e do *lingam*,[6] todas essas bobagens, no fim das contas, não significam nada, porque é o *lingam*, o falo de Shiva, sua potência criadora, o grande procriador do universo, que reina como mestre absoluto dos destinos. Ninguém ergue templos apenas em homenagem à vagina. Mas o órgão sexual de Shiva, este sim, ergue-se triunfante em toda a Índia, dos maiores templos aos cantos mais perdidos do interior, basta uma pedra habilmente moldada ou esculpida, ereta, alta e fálica, para que toda a Índia se prostre diante dela.

Em Kanchipuram, no sul da Índia, um longo salão de um templo antigo é inteiramente dedicado às múltiplas representações do pau. Não são todos biologicamente coerentes, claro, mas ninguém duvida do que aquelas pedras, pretas, brancas, cinzas, alongadas e arredondadas, representam. Os joelhos dos fiéis fizeram pequenas concavidades no chão de pedra diante de cada órgão sexual. Quantas genuflexões foram necessárias ao longo dos séculos para que a pedra se desgaste dessa forma! Até mulheres de oitenta anos se ajoelham diante desse deus pênis: minúsculos, gigantescos, magros, longos, gordos, todos os paus estão ali. Esse salão de oito séculos, onde as pessoas se prostram diante do órgão sexual masculino, é a prova incontestável de sua supremacia. O órgão sexual do homem reina absoluto no mundo. Ainda hoje, o silêncio das mulheres é uma genuflexão forçada diante do *lingam* venerado.

E eu digo com conhecimento de causa.

Shivnath é, em última análise, apenas um exemplo bastante revelador, certamente, pois investido de um poder temporal e espiritual absoluto, desse reinado milenar. Então me diga, o que podem fazer as pobres filhas de Kali diante disso?

Dito isso, a armadura desse homem não é livre de falhas. Shivnath agora tem uma: Chinti.

Nunca, até hoje, ele chegou a estuprar uma criança. A partir de quatorze anos, tudo bem, ele pensa, elas já têm idade para decidir e o corpo está desenvolvido o suficiente para que saibam usá-lo: elas têm a idade do pecado que as persegue desde a criação (na maior parte das religiões, a queda do ser humano não vem desse corpo, objeto de tentação?). Mas antes da puberdade, ele tem certeza da inocência delas. Mesmo ele não pode imaginar ter relações sexuais com uma criança não púbere.

Mas desde que Chinti se sentou em seu colo, a lembrança dela não o deixa. Como algo tão leve, cuja consistência mal pôde sentir sobre as coxas, conseguiu perturbá-lo tão profundamente? Mesmo agora, bem no meio de uma pregação, uma parte de seu cérebro continua a pensar nela, e o corpo logo reage. Enquanto incita os fiéis a seguir o jejum, a abstinência e a estrita observância dos preceitos religiosos, seu órgão sexual, debaixo do *dhotí*[7] de algodão branco, felizmente amplo e capaz de esconder as reações intempestivas, planeja uma alegre dança. Ele sabe que nem Veena nem qualquer outra mulher do Beco, da cidade ou do país poderia satisfazer essa nova fome. Chinti, Chinti, Chinti... A menininha com nome de formiga, com grandes olhos chorosos, risonhos, é a única... Ó deuses, se ele pudesse.

Rapidamente, Shivnath se contém e se impede de imaginar o que faria com ela. Continua a homilia, observa, desdenhoso, os olhos adoradores fixos nele. Poderia dizer a verdade, por uma única vez:

que o homem, desde sempre, está condenado. Que nada pode salvá-lo. Que aquilo que o faz diferente dos outros animais apenas o tornou deliberadamente mau e cruel, e que aquilo que chamamos de consciência é apenas uma palavra, nada mais. É tão fácil ignorá-la! Acreditamos obedecer aos princípios dela, mas apenas enquanto não somos expostos às tentações. E não faltam tentações! Nem pretextos para dispensar a moralidade.

É assim que Shivnath atenua a própria culpa, que ele se consola por ser pior do que deveria e de não estar muito incomodado com isso. É assim que ele se permite sonhar, quando chega a noite, com Chinti e aquele pequeno corpo frágil, com os olhos tempestuosos e com a boca, as mãos e as pernas abertas.

Você é filha de Kali.

Então ele adormece com esse cheiro de criança, de incenso e de *dhal* impuro.

No fim das contas, somos mesmo responsáveis por nossas fantasias?

Veena logo percebe a distração de Shivnath. Assim que ele chega, os olhos, ao invés de se fixarem nela, vasculham os cantos. Enquanto ela se despe, lentamente, como ele gosta, ele sua, mas não é por causa dela. Ela sabe para onde vai o olhar dele: em direção à divisória de compensado. Em direção a Chinti, atrás dela. Em direção a Chinti, escondida, encolhida; mas a salvo. Por enquanto.

Entre a vontade de proteger a filha e essa feroz independência que a obriga a negar qualquer relação, sobretudo aquelas que a deixam mais vulnerável, Veena se sente dilacerada. Mas uma coisa é certa: as mãos de Shivnath jamais vão tocar o corpo de Chinti.

Até hoje, ela foi capaz de ignorar os próprios sentimentos, visto que não servem para nada. Mas assim que Shivnath colocou os olhos em Chinti, ela sentiu um desassossego impossível de ser ignorado: o horror de imaginar "e se". Ela não dorme mais. Ela afaga Chinti com o olhar. Essa coisa é dela, só dela. Ela sente a barriga inchar, sente vontade de vomitar, vontade de cercar Chinti para sempre, de se cercar com ela, qualquer coisa para livrá-la daquele olhar, daquela boca, daquelas mãos, daquele...

Veena emprega talentos inquestionáveis de sedução (a ponto de, por vezes, cair no absurdo).

Aqui está, ela diz, meu cu incomparável e o alvoroço dos meus seios, aqui está minha dança de êxtase em *slow motion*, puro Bollywood, a moldura do sári sobre meu corpo nu, minhas mãos astutas, minha língua habilidosa, ah, Shivnath, eu ainda posso atiçar seu fogo, enlaçar você com minhas coxas e te apertar, te envolver até, até...

Antes que o canto do corpo termine, Shivnath pega Veena, arranca o sári frágil e a penetra sem cerimônias. Ela sorri em meio aos gritos exagerados: conseguiu ganhar mais um dia. Mas por quanto tempo?

Chinti, com o olho colado na fenda, observa, perplexa, a mãe se mexer como uma diaba. Em seu espaço reduzido, fica de pé e também começa a dançar. Ela se imagina uma diaba e uma deusa ao mesmo tempo. Às vezes, não há diferença entre as duas. Diferentemente da mãe, que parece uma cabra manca, Chinti tem uma graça instintiva e uma delicadeza que condiz com as músicas que escuta em sua cabeça. Até os ratos ficam fascinados. Chinti sabe que se dançar para Shivnath, ele não ficará vagamente atraído e distraído como quando olha para Veena: só terá olhos para ela.

Um dia, ela junta coragem e pede a Janice que a veja dançar. Janice, bem-humorada, aceita. Mas pouco a pouco, a expressão dela muda. Ela segura Chinti pelos ombros, interrompendo seu voo.

— Fique no seu esconderijo, Chinti — ela diz com uma aspereza inabitual. Fique invisível. Acima de tudo, acima de qualquer coisa, não se atreva a dançar para os homens. Eles não te merecem. Dance para você mesma, se quiser, atrás das paredes. Mas apenas para você e mais ninguém. Fique invisível!

Chinti fica desolada. Não entende as palavras de Janice, assim como não entende as mudanças de humor de Veena, nem o olhar da cafetina, que brilha e lacrimeja quando a vê. De repente, a velha senhora se encheu de ternura com a formiga que ignorou metodicamente até então. Faz carícias e a despe com os olhos. Oferece a ela algumas velharias e objetos que não usa mais. Chinti ficaria maravilhada, se não fosse esse veneno escorrendo do olhar da cafetina.

Agora, Shivnath insiste para ver Chinti. Ele quer, segundo ele, se certificar de que ela está bem alimentada e decentemente vestida. Veena não tem escolha. É obrigada a trazer Chinti até ele, a mão apertando o braço da menina com tanta força que deixa marcas roxas. Ela lava a filha da cabeça aos pés. Compra roupas novas para ela, porém sóbrias e bem compridas. Nenhuma parte do corpo é deixada nua. Ela veste a menina como uma pequena freira, com cores escuras, lenços discretos. Corta os cabelos dela bem curtos, pois, quando deixados livres, os cabelos de Chinti ondulam, fartos, contornando de noite o rosto dela. Às vezes, Chinti tem a impressão de que Veena gostaria de raspar sua cabeça, tamanha é a agressividade para cortar as mechas. Ela chora, desconsolada por ter os cabelos sacrificados dessa forma.

Mas quando Shivnath a vê, não enxerga nada além de estrelas. Abre os braços com tamanha ternura que Chinti só consegue se jogar neles. Ela escuta o suspiro profundo de Shivnath quando se encosta nele. Ele toca o rosto dela, sorri com tanta bondade que ela deseja que ele nunca vá embora, ou que a leve com ele. Ser tratada como uma menininha amada, por uma vez, por uma única vez; mas a presença de Veena o proíbe.

— Que roupas são essas? — pergunta Shivnath. Por que você veste a menina como uma velha?

Veena finge não ouvir.

Chinti olha para as roupas que está vestindo e que ela acha tão bonitas, pois nunca teve nada de novo. Como ele gostaria que ela se vestisse? Ela ousa, então, perguntar a ele:

— Tio, o que você quer que eu vista?

— O que eu quero que você vista? Uma bela saia rosa de seda, um véu bordado e joias de ouro. Vou trazer para você da próxima vez, minha linda.

Enquanto Chinti começa a sonhar, Veena rói as unhas até sangrar.

Ela não pode mais se enganar acreditando que seu trabalho só afeta a ela, apenas ela. Começa a entender o sentido da responsabilidade. Mas não apenas. Pois não é o fardo que Chinti representa que faz ela se contorcer à noite como se tivesse engolido ácido. É o amor — é preciso admitir — que nasce em Veena como tudo aquilo que nasce em Veena: na violência e na dor.

Não há meio termo com ela. As barreiras que construiu cuidadosamente entre ela e a filha estão desmoronando. E então a paixão entra em cena. No entanto, a paixão-Veena é algo desmedido, cujo poder ninguém conhece, nem ela mesma. A paixão--Veena é uma avalanche que a sufoca e a arrebata ao mesmo tempo. Mas chafurdar nela poderia fazer com que perdesse toda a razão, então ela se reprime, pondera, analisa.

Como tirá-la daqui? — ela se pergunta. Deixá-la em um orfanato? Não, Chinti já é grande o suficiente para dizer onde mora e o nome da mãe. Além do mais, mesmo se a aceitassem, qual seria seu fim, senão em um outro beco, em um outro quartinho? Que outro destino poderiam oferecer a ela?

Poderia ir embora com Chinti, ir para outro lugar, mas onde? E o que mais poderia fazer? Trabalhar como empregada doméstica nas mansões luxuosas que estão brotando pela cidade? Isso mudaria alguma coisa? Nada, a não ser as duas se transformarem em escravas, forçadas a ralar dia e noite por mulheres gananciosas e a se entregar gratuitamente aos homens. Prostitutas sem realmente serem, sem receber por isso e igualmente desprezadas. Logo, ainda pior que agora. Os ricos desse país não perdem tempo com gentilezas inúteis.

Veena tenta imaginar possíveis saídas, mas nada lhe vem à cabeça. O horizonte está trancado. Está tão presa quanto se tivesse cometido um crime. Nenhum crime, ela pensa com um gosto amargo na boca, apenas a inevitável condenação dos pobres e das putas. Mas Chinti não pediu nada daquilo. E ela também está presa.

Diante das voltas do destino, Veena nunca se curvou. Hoje, fria e dura, compreende que o caminho termina ali. Antes matar as duas do que entregar a filha a Shivnath. Essa visão do futuro congela seus ossos, cega seus olhos, aperta seu coração. Quando cai de joelhos, não é para satisfazer um homem, mas para contemplar o abismo.

Aquele que aguarda todas nós.

Sadhana

Bom, então: depois de tanto dizer eu e nós, é preciso que eu me revele. É a convenção. Pois conheço todas elas, essas mulheres, essas moças, essas incapazes, essas mais-ou-menos-vivas, eu as conheço pois, de onde estou, as vejo, as observo, as adivinho e as escuto.

Eu, a *hijra*. Pronto, está dito. Preferia não falar sobre isso, mas é a regra quando se conta uma história: é preciso se apresentar. Sei bem que poderia sugerir que é um autor sem rosto que escreve essa história. Mas seria uma faceirice inútil. Adoro observar os outros e contar suas existências, mesmo que seja apenas para mim mesma. Por que fingir que não estou aqui? Quando dou minha opinião, devo assumir o que sou, quem sou, que sou.

Então é isso. Estou aqui, presente, ao lado delas. Veena, Chinti, Janice, Bholi e as outras.

Pois, no Beco, há uma outra casa.

Vivo nela desde os dezesseis anos, desde que cheguei, há trinta anos, com os pés sangrando e usando roupas de menino, mesmo sabendo desde sempre que eu era uma mulher.

Isso parece tão simples de dizer. Algumas palavrinhas que não dizem tudo, que não dizem nada. Na verdade, nasci em um mundo que me rejeita. O corpo exige o nascimento, o surgimento. Ele pede para abrir as asas. Mas eu estava enclausurada. A palavra "crisálida" é muito bonita: essa contenção não é algo natural, mas o olhar dos outros — família, vizinhos, círculo social, o muro de espinhos que nos fere.

E no entanto, que inocência tem a criança diferente, incomum! Eu digo incomum, mas na realidade eu não era, era simplesmente eu, aquela que sou hoje com as minhas semelhantes e para quem a palavra incomum é uma abominação, mas naquela época, não sabia que era possível ser uma mulher nascida em um corpo de homem. Bem pequena, então, acompanhava minha mãe quando ela ia fazer compras, e com que excessiva minúcia ajudava a escolher os legumes e negociava os preços com os vendedores maliciosos, mas sempre respeitosos! Em casa, desenhava *rangolis* no chão, esses padrões de giz que trazem boa sorte, e minha mãe, contente, dizia que eu era a pequena bênção dela. Protegida do olhar dos parentes (certamente já transformada por instinto), vestia as roupas de minhas irmãs e dançava, imitando as músicas dos filmes.

Minha alegria simples foi então se transformando em iluminação. As criadas, também inocentes ou pelo menos, eu creio, ávidas por um momento de distração, me encorajavam batendo palmas. Às vezes, os jardineiros vinham me olhar pela janela. Eu era secretamente admirada, tomada por um riso que nunca me deixava.

Havia uma antiga música de filme que a gente amava: *Jhumka gira re... Bareli ki bazar me...* Uma música alegre, um pouco obscena (na época, eu não sabia), na qual a moça conta que perdeu um brinco no mercado da cidade de Bareli. Mas naquela noite, o homem por quem é apaixonada encontra o brinco, vai até o quarto dela e insiste para colocá-lo de volta no furo da orelha dela. A moça recusa, e recusa... até que acaba cedendo. Então, no fim da música, o homem enfia o brinco no buraco da orelha dela.

Já tinha visto a cena do filme inúmeras vezes na televisão. Era capaz de reproduzir as expressões da atriz nos mínimos detalhes. Uma empregada tinha feito para mim uma roupa parecida com a dela, uma saia rodada de cetim azul royal, que se abria como uma flor quando eu girava, uma túnica e um lenço rosa chiclete com bordados dourados. Ela também furou minhas orelhas escondido. Acho que ela admirava a delicadeza do meu corpo e a graça dos meus traços. Então eu dançava, saltava, girava com meus brincos enormes, cantando *Jhumka gira re* e todos batiam palmas, riam, me encorajavam, me aplaudiam. Ah, meu requebrado, os passos habilidosos dos meus pés adornados com sininhos, meu pescoço tão flexível e minhas mãos-borboletas que pareciam voar! Sonhava em me tornar dançarina quando crescesse. Estaria em todos os palcos do mundo. Os elogios chegariam aos montes. Ficava atordoada de alegria.

Um dia, meu pai voltou mais cedo do trabalho. Ele era um alto funcionário do governo, um homem respeitado por todos. Ele parou na porta da sala onde estávamos e viu estupefato minha alegre apresentação diante do grupo de empregados. Esperou que eu terminasse, que eu agradecesse e que todos me aplaudissem. Então entrou, me pegou pela orelha e me levou para o quarto dele. Lá dentro, arrancou minhas roupas com poucos gestos nervosos. Nua e trêmula diante dele, me fez dançar com golpes de cinto.

Naquela noite, fui desmascarada diante do tribunal da família. Avós, tios-avôs, tias-avós, tios, tias, primos, primas, irmãos, irmãs, cachorros, gatos, todos, todos, até os mais novos que eu, até aqueles que ainda eram pequenos demais para entender qualquer coisa se juntaram para me julgar. Não entendia o que eu tinha feito de errado. Mas meu pai, sentado no meio, contou para eles com uma voz fria o que tinha presenciado. Mostrou a eles minha roupa rasgada, meus brincos, minhas orelhas furadas. Descreveu minha maquiagem. E como eu estava dançando.

— Ele nos humilhou na frente dos empregados! Se isso se espalha, eu perco meu emprego. Eu seria a piada da sociedade.

Houve um grande silêncio.

Minha mãe começou a chorar, mas não disse nada. Em minha cabeça, ainda ouvia a música que continuava a brilhar em mim, *Jhumka! Mera jhumka, mera jhumka, hoï hoï hoï!*, e então, de repente, pensando na alegria que sentia ao dançar, pensei que meu pai não tinha descrito minha dança corretamente, que se mostrasse a todos o que sabia fazer, os detalhes exatos dos passos, os gestos graciosos dos braços, os movimentos dos olhos, do pescoço, eles entenderiam! Saberiam o que aquilo significava para mim, a que ponto meu corpo era livre e gracioso, a que ponto eu era bela, assim, bela e digna de admiração!

Então comecei a cantar, a dançar, a saltar, a girar, encontrando, apesar da dor, o êxtase e o milagre de minha verdadeira natureza diante de minha família perplexa.

— *Hoï, hoï, hoï!* — gritei com um riso incontido na voz.

Era maravilhoso, eu não conseguia parar de rir, e quanto mais via olhos arregalados de todos, a mandíbula cerrada do meu pai, o rosto petrificado da minha mãe, mais eu ria e pensava que realizaria esse milagre, fazê-los perceber a minha beleza, meu talento e minha verdadeira natureza. Todos se desmanchariam em desculpas por terem me compreendido tão mal e eu os perdoaria.

Mas não. Minha mãe partiu para cima de mim, começou a me arranhar, a puxar meus cabelos, a me sacudir, me chamando de nomes que não tinham nada a ver com pequena bênção. Não era capaz de reconhecer aquele rosto raivoso, normalmente tão doce e sorridente. Mas era ela mesma, os lábios contraídos, os dentes amarelados, o rosto transtornado pela raiva: minha mãe.

Preciso descrever as arbitrariedades que se seguiram? Somente a voz de minha dançarina me manteve viva.

Eles me trancavam, me vigiavam, raspavam minha cabeça, me obrigavam a usar roupas de menino. Alguém me acompanhava até a escola e me trazia de volta, nunca me deixavam sozinha. Ao menor requebrado, recebia golpes de bengala. Mas nada disso foi capaz de me mudar. Aprendi a me esconder, mas nos meus sonhos, continuei sendo a dançarina perfeita. Eu era Sadhana,[8] como a atriz que eu amava. Sonhava com o dia em que seria grande o bastante para ir embora e finalmente ser eu mesma.

Enquanto isso... O cerco se fechava. Eu era esguia e esbelta, tinha a cintura fina e um andar ritmado. Tinha feições suaves, cílios longos, boca carnuda, mãos de dançarina. Linda demais para ser um menino. No ensino médio, ninguém tinha dúvidas. Ao contrário de meus pais, os alunos e professores sabiam quem eu era. Isso não os impedia de me atormentar para que eu tivesse certeza que não tinha lugar para mim no meio deles. Beliscavam minha bunda, tocavam meu peito, riam de mim no chuveiro. Finalmente, uma noite, quando estava saindo do banheiro, quatro rapazes me estupraram com uma vassoura. Sangrando e aos prantos, fui embora da escola e da cidade naquela mesma noite, pois sabia que não podia mais viver ali.

Então cheguei aqui, nessa casa onde ainda moro. Eu falava do *lingam*, mas a nossa confissão de fé é perder o nosso. E quando digo perder... Sabia que passaria por isso, mas não sabia de que forma.

Aos dezesseis anos, me juntei a essa antiga comunidade, a comunidade das *hijras*, cujo nome é citado nos livros sagrados que datam de milhares de anos. Temos nossos próprios mitos de origem, mesmo que isso não tenha mais muita relação com nossa realidade. Sabia que elas me acolheriam do jeito que eu era: como eu, elas se recusam a serem engessadas em uma uniformidade que tem como único propósito destruir aquilo que temos de único. Cada um de nossos cantos celebra a diversidade da espécie. Somos, como dizem, o espelho do infinito. Aqueles que nos escutam reconhecem em nós, frequentemente apesar de si mesmos e apesar do preconceito e do medo, a fonte de um antigo conhecimento e de uma eterna magia. É por isso que somos convidadas para casamentos, para cerimônias importantes; nossos cantos e nossas danças invocam a bênção da deusa. Mas nem por isso somos aceitas. Existimos à margem, fora da sociedade, apenas toleradas por um medo supersticioso. Na maior parte do tempo recebemos dos outros apenas desprezo.

Aos dezesseis anos, fui acolhida, consolada e confortada.

Aos dezoito anos, me submeti ao sofrimento mais extremo e à alegria mais extrema.

Cheguei trêmula e faminta e elas me ofereceram os braços, o semblante doce, a graça, o calor e o cheiro tão característico, mistura de masculino e feminino, tão parecido com o meu.

Mas para ser completamente aceita, precisei de dois anos de aprendizados junto a minha Mestra, dois anos de obediência absoluta, dois anos em que mendiguei, dancei nas esquinas, revirei o lixo para sobreviver. Apenas depois disso pude abandonar essa parte de mim que me contradizia desde sempre: meus órgãos masculinos.

Poderia ter escolhido um caminho menos difícil: com anestesia e operada por um médico. Mas o método tradicional, me disseram, apesar de causar um sofrimento indescritível, me conferiria um *status* especial na comunidade. Confiante na minha capacidade de aguentar, incapaz de imaginar o que aquilo significava de verdade, optei por esse método.

Escolhi passar pelo fio da faca.

Não queria fugir desse antigo rito de passagem. Era preciso morrer para renascer inteira. É assim que a deusa entrará em você, elas me disseram. É assim que você será nossa, nossa filha, nossa irmã. Você precisará de coragem por alguns segundos. Elas explicaram o que aconteceria comigo, como eu renasceria em minha verdadeira natureza. A oferenda à deusa nos coloca em um plano mais elevado. O sangue que escorre nos liberta dos venenos de nossa falsa sexualidade.

Ah, eu acreditei, jovem, sedenta do absoluto.

Durante vários dias, segui um regime severo, sem carne nem temperos. Não podia sair, não devia me olhar no espelho, devia me dedicar à contemplação da deusa. Era necessário, para que o rito pudesse se concretizar, que a divindade passasse a sorrir para mim. No estado de transe em que me encontrava, às vezes a via sorrir, às vezes com o semblante contorcido de raiva. No dia do ritual, se um coco jogado no chão se quebrasse em duas metades perfeitamente iguais significava que a deusa tinha dado sua bênção.

Naquele dia, a Mestra estava ao meu lado. Uma mulher alta com o rosto um pouco marcado, mas cheia daquela doçura que têm todas as hijras. Aquela que iria me operar me assegurou que já havia feito aquilo centenas de vezes e que me faria sofrer o mínimo possível.

Ela amarrou o pênis e o escroto com um cordão negro. Réhane colocou uma mecha dos longos cabelos grossos na minha boca e me disse para morder. Eu devia repetir o nome da deusa até que ela preenchesse minha mente e meu corpo. Então, elas começaram a cantar.

Mas eu pensei na música *Jhumka gira re*. Comecei a dançar na minha cabeça, dançar naquela suave euforia, ouvi tilintarem meus sininhos, balançarem meus longos brincos, e minhas mãos também dançaram, e...

Como poderia ter imaginado uma dor semelhante? Impossível. Impossível também descrevê-la. A frieza da lâmina que pressiona a pele frágil, pressiona mais, então, de uma só vez, a rasga. O corte faz o corpo se sobressaltar. Depois se prolonga, atiça e aguça todas as terminações nervosas, confunde a mente e o corpo com uma descarga de agonia absoluta.

Aí não é mais possível descrever.

Não há palavras.

Eu desmaiei.

Fui colocada, ensanguentada, em uma poltrona em frente a uma lareira. Não havia bandagens ou curativos. Apenas alguns simples emplastros de plantas que a curandeira colocava. Minhas irmãs me diziam que eu estava no meio da luta entre a deusa da vida, a nossa própria, e a da morte. A fumaça e as ervas aromáticas que elas queimavam e colocavam em chás me mergulharam em um estado de letargia até que, aos poucos, a ferida se fechasse. Para isso, foram necessárias semanas de um sofrimento extremo e meses de uma dor quase insuportável.

Sim, precisei atravessar o horror. Ou o inferno, se as coisas forem vistas de fora. Mas como é possível nos entender de fora? Essa necessidade de sermos nós mesmas, de sermos como somos, de sermos o que nascemos para ser, e acima de tudo, a liberdade? Essa liberdade que não é oferecida a ninguém nesse país, nós a conquistamos com nosso sacrifício. Não me arrependi, apesar de nunca ter aconselhado esse método para ninguém. A escolha delas também deveria ser livre.

Foi assim que me tornei Sadhana, a melhor dançarina do bairro e talvez até da cidade. Era recebida com respeito nas cerimônias de noivado ou de casamento, e também quando era escolhido o nome de um bebê. Nas feiras, me ofereciam com mais boa vontade do que às outras os produtos que eu vinha comprar. Ganhava apenas o suficiente para não precisar, como a maioria de nós, de mendigar ou me prostituir. Minha escolha de emasculação me tornou uma pessoa respeitada por toda a comunidade.

Agora que sou uma veterana e que consigo olhar para trás, e depois de muito ler, entendo que em outros lugares, em um país ocidental, por exemplo, talvez teria sido aceita. Aqui, precisei me juntar a uma comunidade marcada com o sinal do proibido. Mas não me arrependo. Ao longo dos últimos trinta anos, consegui, junto com as outras, mudar algumas coisas e obter uma espécie de respeito para todas nós. Na casa em que hoje sou a Mestra, ninguém está reduzido à mendicância ou à prostituição. Tento encontrar para nós outras fontes de sustento, empregos de verdade. Também acolho crianças e adolescentes perdidos como eu estava em um mundo que os recusa. Eu os protejo, os entendo.

É por isso que tenho tanta compaixão pelas mulheres do Beco. Elas não têm nenhum status e nenhuma comunidade as acolhe. Elas são, aos olhos do mundo, a escória da escória: quando envelhecem, morrem, simplesmente, como ratos na sarjeta. Eu as observo, as admiro, sinto pena delas.

E mais ainda dos filhos delas. Como da pequena Chinti... Aquela que vi crescer como uma erva daninha no Beco, aquela cuja inteligência fina cresceu à medida que ela conhecia o mundo, observando tudo o que acontecia e tentando, se não viver, ao menos sobreviver. Eu gosto dessa menina e temo por ela. Muita inteligência por aqui não nos salva de nada.

Chinti merece outro destino.

Da varanda onde estou, vejo tudo; sou uma deusa pairando sobre o mundo. Os fluxos do vento parecem me proteger das doenças, aliviar o calor sufocante, dissipar os ruídos que atormentam o dia. Eu flutuo sobre esse universo e me imagino como uma sutil maestra, todo-poderosa. Pois não se enganem: aqui é o mundo. Em todo seu esplendor. Seu terror, sua feiura.

Na realidade, sou uma deusa sem poder, planando sobre um horizonte de imundices.

Agora há pouco, um rapaz, sem dúvida um aprendiz, veio entregar o leite. Não é o mesmo que geralmente passa a essa hora. O que vem geralmente, Jamil Sahib, deve ter uns oitenta anos. Tem o corpo magro e as pernas dele tremulam na bicicleta, mas é capaz de subir um morro sem fraquejar. Nas últimas semanas, entretanto, começou a definhar. A pele ficou amarelada, ele ficou ainda mais magro, os olhos deles vagavam pelo asfalto buscando uma pista que ele não conseguia encontrar. Ele fitava as fachadas, parecia se perguntar onde entregar as latas de leite, sendo que antes nunca se enganava. Ele teve que parar e passar o bastão.

O bastão foi passado para esse rapaz. Bonito demais para ser de verdade. Eu que sou entendida, digo a vocês: rapazes como esse fazem seu coração bater mais rápido. A curva suave do maxilar, a delicadeza do nariz, a profundidade dos olhos negros. Aventurando-se no Beco, ele empurra a bicicleta carregada e tenta fazer a voz ser ouvida entre os ruídos, aquele som *dhuuuuudh* que anuncia o leite, mas que, quando cantado assim, sem a experiência de Jamil, não impressiona ninguém. Parece até um pássaro tímido arrotando, e é tão ridículo que todo o Beco cai na risada, por uma vez, com uma alegria contagiante. Apenas os cafetões não riem. Um garoto tão bonito, que causa risos? Um recém-chegado, uma carne fresca oferecida em sacrifício? Eles avançam e bloqueiam o caminho dele.

Bakchich,[9] ordenam.

Inquieto, mas esforçando-se para ignorá-los, pois tem apenas algumas moedas no bolso, ele repete: *dhuuuuudh*! Esse grito alcança uma nota impossível quando o primeiro soco atinge o estômago dele. As latas de leite espalham uma poça azulada aos pés dele. Depois, ele é arrastado para um canto mais escuro onde entenderá que não estava pronto para se aventurar entre as feras.

Ele não será exposto como as mulheres do Beco. Mas em um lugar ainda mais escondido, será oferecido àqueles que, debaixo de suas máscaras, descontarão nele a própria frustração.

Gostaria de tê-lo acolhido aqui, mas é contra nossas regras, nossos princípios, essas proibições que regem toda comunidade. Sei que já é tarde demais para ele.

E o dia acaba de começar.

Então as mulheres acordam. Esticam os corpos fluidos para fora de seus buracos. Vejo os machucados causados durante a noite se abrirem como flores na escuridão. Outras feridas mais escondidas serão lavadas na sarjeta onde se limpam pela manhã, o sangue delas se juntando ao dos animais mortos durante a noite, cães ou cabritos cujos restos serão comidos pelos mais pobres.

Mesmo que ache que já vi de tudo, sei que sempre haverá mais. A tristeza habitual me invade. Como se ela tivesse sentido, Réhane vem à varanda e coloca as mãos nos meus ombros. Ah, minha querida Réhane, minha companheira, minha irmã, não sei o que teria sido de mim sem ela nos dias em que cheguei aqui. Hoje, ela está mais acabada que eu em razão de tudo que viveu. Apesar da peruca preta, o rosto, as mãos, o pescoço denunciam que já passou dos cinquenta; mas acima de tudo o câncer que a tem corroído recentemente. Ela está ao meu lado desde o primeiro dia, desde a mecha de cabelos que colocou em minha boca para ajudar a suportar o ritual. Desde que colocou a mão sobre meu peito para me transmitir sua calma.

Encosto minha boca nas mãos dela com reverência. Ela tem traços pesados e um corpo robusto debaixo do sári. Mas o que importa? Nós, as hijras, sabemos como dissimular as aparências mais desajeitadas, as estruturas ósseas maciças herdadas de nossa herança masculina. É pela doçura de nosso olhar que nos reconhecemos. Por nossas histórias de vida. Nós cantamos e dançamos a tragédia de nossas existências, a expressamos com nossas mãos, nossos pés, nossos olhos. É isso que as pessoas gostam de ver;

elas sentem escorrer esse sangue invisível enquanto fingimos rir.

Depois da minha operação, apesar da alegria de ter sido aceita, paradoxalmente a dor me mergulhou no desespero, como se meu corpo se revoltasse contra mim por ter perdido uma parte tão importante dele mesmo. Aquilo a que nos recusávamos a chamar de emasculação não era nada além de um trauma do qual poucas se recuperavam completamente. Nossa cultura e nossos rituais nos ensinavam a renascer e a recomeçar. Mas o corpo se prendia a esse passado e se recusava a esquecer. Por dentro, o tumulto era tão violento que só a ideia da morte podia oferecer um consolo.

Durante semanas, minha mente e meu corpo lutaram entre si. Eu estava dilacerada, despedaçada, literalmente desmembrada. Ao mesmo tempo, aos prantos e exausta, eufórica e aterrorizada. Não sabia o quanto o corpo pode lutar contra o que entende como uma agressão física e mental. O quanto, mesmo quando a dor se dissipasse, ele se rebelaria contra qualquer tentativa da minha mente de aceitar quem eu realmente era agora: uma mulher. Embora eu fosse.

Além do mais, a lucidez me dizia, ao ver aquelas que estavam à minha volta, que também jamais seríamos aceitas como mulheres. Alguma coisa em nosso rosto nos confere uma espécie de estranheza, de lacuna. Mesmo as mais graciosas nunca alcançam completamente a harmonia do feminino. Talvez seja uma escolha, uma forma de não nos escondermos:

queremos ser nós mesmas. Minha escolha fez de mim um ser eternamente diferente de todos, exceto das hijras. É ao mesmo tempo uma alegria e uma tormenta. Ao me juntar a elas, assumi minha identidade de mulher e de hijra ao mesmo tempo. Não existe uma sem a outra. As pessoas acreditam que nossas roupas, nossos cabelos, nossa maquiagem, nossas joias são um disfarce; mas não: apenas o corpo herdado ao nascer é um disfarce do qual tentamos nos livrar.

Quem melhor que nossas semelhantes para compreender esse dilaceramento, esse mistério, esse silêncio? Reconhecidas sem sermos toleradas — mas marginalizadas, desconcertantes e temidas —, nossa pequena comunidade sobreviveu aos milênios, mas nunca recebemos dos outros essa aceitação que teria concedido a nós uma legitimidade.

Durante o dia, tentava ser forte e merecer a ternura com que me cercavam, os carinhos abundantes, os mimos que me ofereciam para me fazer esquecer a minha dor. Mas à noite, tudo voltava. Eu chorava em silêncio, contemplando uma derrota ainda mais amarga, por ter sido escolhida por mim.

Então, uma noite, Réhane me levou até o telhado da casa. De lá, víamos toda a cidade mergulhada em uma bruma noturna que a tornava doce e mascarava o amálgama de violência que normalmente a invadia. Sentadas lado a lado, ela começou a falar comigo. Pouco a pouco, me fez enxergar um destino, senão mais feliz, pelo menos mais aberto a possibilidades.

— Você acha que nós precisamos dos outros? — ela me disse. Desses outros que não são como nós? Olhe em volta de você, a tragédia dessas pessoas, homens e mulheres. Eles precisam lutar sem poder contar com o que nós temos: nossa compreensão, umas às outras, nossas mãos certas de serem amparadas, nossa certeza de sermos acolhidas. Ninguém mais vai nos oferecer um abrigo. Mas eles, mesmo no meio das próprias famílias, das próprias comunidades, dos semelhantes, corroídos pela inveja, pela mesquinharia e pela raiva, o que espera por eles é a solidão. Certamente temos nossas rivalidades, nossa hierarquia e até mesmo exigências difíceis de aceitar, mas nosso vínculo de irmãs é soberano. Nunca vamos nos abandonar. Cada vez que você chorar, saiba que sempre estarei ao seu lado para recolher suas lágrimas.

Ela me puxou para perto dela. Coloquei a cabeça em seu colo. Ela tinha um cheiro estranho de incenso, de perfume e de homem, mas os olhos postos em mim eram de uma mãe. A mão que acariciava minha cabeça dizia que ela tinha vivido tudo o que eu tinha vivido e que por ter percorrido esse caminho, não deixaria que eu o atravessasse sozinha. Seu sári de algodão florido absorveria tudo: lágrimas, sangue, excesso de tristeza, explosão de raiva, tudo. Ela me absorveria inteira, até que eu renascesse.

Ao amanhecer, quando começou o sol a brilhar nos telhados e a ressoar o lamento dos viventes, adormeci pela primeira vez sem chorar. Ela permaneceu ali, com a barra do sári cobrindo meu rosto para me proteger do sol, ela mesma exposta à sua ardência, até eu acordar, surpresa por me sentir nova.

Nunca saímos de perto uma da outra. Agora, com o câncer de pulmão causado pelos *bidis*[10] e pelos cigarros de má qualidade que fumamos, sei que ela me deixará em breve. Mas é ela que me consola.

Apenas nós mesmas somos capazes de enfrentar as feridas umas das outras e colocar a mão sem receio. Ah, Réhane, não sei se serei capaz de explicar isso a eles! Não sei qual o sentido de dizer aquilo que não pode ser dito.

Talvez por prever o fim de nosso caminho juntas é que comecei a escrever isso aqui. Para que nossa passagem por aqui não seja em vão. E porque sei que não vou sobreviver sem ela. E que sem mim, ninguém conhecerá a história de Veena, de Chinti e de todas as outras que são apenas fantasmas rapidamente dissipados pela brutalidade da História.

Ninguém falará de nós. Quero dizer, individualmente. Esse país padronizou a arte da indiferença graças aos mitos que dizem que tudo está escrito.

Nossa vida, na verdade, não é assim tão diferente da vida das outras mulheres do Beco. Várias de nós são obrigadas, por causa da falta de espaço nas casas, a dormir na rua, nas estações de trem, nos cantos das ruas, a ganhar a vida mendigando e se prostituindo. Tentando se proteger dos predadores que só têm um desejo, humilhar uma hijra, e dos policiais que exigem uma parte de nossos ganhos e favores em espécie com a violência habitual.

Mas para aquelas que possuem essa coisa misteriosa que nós chamamos de Arte, ou seja, o canto ou a dança, o papel delas é participar dos rituais. Podemos viver de nossos talentos de dançarinas, de musicistas, de contadoras de histórias. Conseguimos dinheiro o suficiente para pagar por casa e comida. Meu destino foi menos terrível do que poderia ter sido.

Quando olho meu rosto no espelho, vejo uma mulher ainda jovem, ainda bonita. Não abuso da maquiagem, que danifica a pele, e aprendi a usar o sári com a graça natural que essa roupa exige. Às vezes, acham que sou uma mulher nascida assim, até que, de mais perto, essa diferença sutil que nos distingue se revela. Mas eu aprendi a me amar. Não tenho raiva das pessoas por terem medo de mim. Às vezes tenho a impressão de que esse poder de bênção atribuído às hijras é verdadeiro, mas sei que também carrego em mim uma sombra nefasta.

Como frequentei a escola e aprendi a ler e escrever, me pareceu que devia contar nossa vida. Não para revelar nossos segredos de hijras, mas das outras mulheres do Beco, todas tão diferentes, com suas personalidades, suas experiências, seus passados, seus futuros, essas vidas que nunca serão contadas, pois elas vivem e morrem fora do olhar dos outros.

Foi sobretudo Chinti que me despertou essa vontade. Pois ver essa criança nascer aqui, crescer, se desenvolver, tentar escapar dos códigos e das regras, se tornar outra, isso me fez imaginar um futuro diferente para os meus também. Um dia. Quando a Índia não será mais a Índia. Quando esse enorme fogo que nos consome se apagar. Quando seremos enfim aceitas.

Quando tudo que há de fictício nessa sociedade em que a riqueza é a maior ambição será enfim destruído.

Todos correm atrás da vida de sonho dos filmes e da TV, esse mundo ao alcance das mãos e sempre fora de alcance, esse mundo de falsidades e ilusões, de artifícios e mentiras. Mas para nós, que afundamos na lama, é um sonho impossível. Nossa verdade é a privação, o sacrifício e o sofrimento. Nossa verdade é essa risada terrível que ecoa quando estamos no fundo do poço. Nossa verdade é uma mecha de cabelo mordida com força para não gritar.

Chinti, Chinti — se você pudesse, você... Se você fosse o rosto do amanhã...

Não sei de nada. O Beco está lamacento nesse dia de monção e meu corpo ainda está dolorido. As possibilidades acabaram.

Nunca teria sido um homem, certamente. Mas não havia outro modo de ser eu?

Chinti, se você pudesse. Ser você.

Deixar entrar o dia, a brisa, a chuva, o sol, as doces loucuras. Mas nossas loucuras nunca são doces. Elas só podem ser destrutivas.

A primeira vez que a vi, foi perto do vendedor de flores. Naquele dia, notei que a luz estava diferente, mas não sabia o que aquilo significava. Nunca soube ler essa língua.

Desci para comprar flores frescas. É o primeiro, o único prazer que o dia nos oferece, o veludo do *chameli*, a inspiração clara do jasmim, o perfume de especiarias do crisântemo, a explosão amarela do *kanakambaram*. Joias de vida breve que ornarão nossos cabelos, verdadeiros ou falsos. Sóis fictícios nos quais nos esforçaremos para acreditar.

A casa das hijras é perfumada com incenso e flores. Tento mantê-la limpa e sadia, esse é o meu único poder. Ao me tornar Guru, estabeleci regras que pareciam incompreensíveis para a maioria de nós. Mas, habituadas à nossa hierarquia rigorosa, minhas irmãs obedeceram. Nossa casa é ventilada, as doenças da rua afastadas pelas essências florais e pelas especiarias exaladas dos fornos. Nesta rua onde tudo é feiura, existe alguma coisa de belo nessa casa que é uma passagem, renúncia e anúncio ao mesmo tempo, morte e renascimento. Aqui vivem seres frágeis de riso triste, de vozes sempre muito fortes, reféns da vida. Quis nos rodear da beleza que nos é negada desde nosso nascimento.

A parte do dormitório que Réhane e eu dividimos é o nosso refúgio. As esteiras de juta estalam debaixo de nossos pés. Tudo é escrupulosamente limpo, as baratas exterminadas e os dejetos de ratos retirados pela manhã, a poeira da cidade é varrida, as paredes são borrifadas com água para resfriá-las, as flores renovadas, os bastões de sândalo queimados ao longo do dia. Nossas roupas ficam arrumadas dentro de um baú, nossas joias e enfeites de cabelos pendurados em pregos em volta de um espelho. Sáris bordados de dourado e de lantejoulas, blusas costuradas sobre sutiãs rígidos, véus transparentes com cores de arco-íris, correntes prateadas para os tornozelos, pulseiras de vidrilhos coloridos, cartelas de *bindis* para nossas testas, todos esses acessórios se tornaram uma parte essencial de nós.

São os mesmos apetrechos das mulheres do Beco, mas, para nós, são um rito, o sinal distintivo do que somos; para elas, é uma fantasia humilhante que ostentam para esquecer quem são.

De manhã, quando nos vestimos e nos maquiamos, recompomos nossa pele. Para Réhane, trata-se da habilidosa reinvenção do rosto e do corpo dela: clarear a pele, alongar os cílios, contornar os lábios; depois, disfarçar as formas masculinas acrescentando outras formas na altura dos quadris, das nádegas e do peito. Em seguida, é minha vez: a doçura da rosa nos meus lábios e do *kajal* em meus olhos, um véu suave sobre meus ombros.

— Não precisa de mais nada — ela diz. Você é tão bonita.

Nós nos olhamos, princesas por um dia, por uma hora, esquecidas dos olhares.

Há alguns meses, Réhane se veste com dificuldade. A aparência está pálida, com olheiras profundas. Sou a única a vê-la careca antes que ela coloque a peruca. Ela não tem vontade de se levantar, mas eu a empurro, a obrigo a ficar de pé, a obrigo a viver.

— Estou cansada, Sadh... — ela diz.

Mas eu rio, faço gracinhas, dou tapinhas nas bochechas dela para trazer um pouco de cor e insisto em acreditar que tudo isso não é nada, que a doença é benigna, que ela estará comigo por muito tempo ainda, para sempre, porque sem ela, sem ela...

— Vou buscar flores frescas para você — digo.

Ela sorri — uma careta — e balança a cabeça.

Quando o vendedor de flores chega, corro até ele com impaciência, quero as mais belas para Réhane. Mas uma mãozinha se levanta do outro lado do cesto, segurando uma moeda:

— O que eu consigo comprar com isso?

O vendedor olha para a moeda amassada e ri. Me inclino para ver a criança. Ela aparece para mim como um sol. Os cabelos ondulados ao redor da cabeça formam uma alegre auréola. A boca é suave, o corpo frágil. Olhos de animal arredio e sedutor ao mesmo tempo. Não consigo deixar de observá-la. Ela se balança de um lado para o outro, impaciente, e esse movimento é uma espécie de dança. Uma perfeição rara, destinada a durar apenas uma estação, apenas o tempo suficiente para florescer. Em breve, todos vão cair de cima. Desvio o olhar, atordoada pelo pesar. Queria fugir, não mais vê-la, essa vida frágil que flui por esse corpo e que desaparecerá tão rapidamente, porque é assim, porque ela pertence ao Beco, esse monstro que devora tudo, e nada mais será permitido a ela.

Fico paralisada pela revolta, pela raiva, pela pena. E fascinada. Como não ficar?

— O que consigo comprar com essa moeda? — pergunta novamente ao vendedor.

— Nada, vá embora, *churail* — ele responde, antes de se virar em minha direção.

Ignoro o vendedor que a chama de bruxa e me inclino na direção dela:

— O que te deixaria feliz?

Ela contempla as flores que transbordam do cesto, sente o cheiro delas, tenta tocá-las com a ponta dos dedos, mas o vendedor afasta a mão dela com um tapa. Ela mostra um jasmim branco com reflexos azuis. Escolho vários ramalhetes de flores e pago o vendedor rapidamente. Entrego todos eles para a menina. Ela os recebe com os olhos brilhantes.

— Para mim?

— Sim. Você sabe como prendê-las?

Ela balança a cabeça que não.

— Venha comigo que eu mostro. Eu moro bem ali.

Ela vai comigo sem medo. Mal entramos, ela levanta o rosto e respira profundamente.

— O que foi?

— Sua casa tem um cheiro bom — ela diz. Tem cheiro de... limpeza. Tem cheiro de *curry* de batata e manga madura.

Observo os ossos salientes.

— Você está com fome?

Os olhos respondem por ela. Seguro a mão dela e a levo em direção à cozinha, onde minhas irmãs estão trabalhando desde o amanhecer. Diante desse curioso espetáculo, a menina se esconde atrás de mim. As outras hijras olham para ela com compaixão, mas quando olham para mim, percebo uma reprovação: não temos o direito de levar um estranho para nossa intimidade. Mas ela é uma criança; ainda não aprendeu a julgar.

Busco para ela uma tigela de legumes, *dhal*, *chapati* e condimentos. Sento-me ao lado dela em uma esteira para comer também. Ela se lança sobre a comida e a devora tão rapidamente que todas as outras riem. Eu também. A mãozinha pega o *chapati*, pica em pedaços e junta o *dhal*, o *curry* e os picles com ele, depois enfia na boca aberta já se preparando para o próximo bocado. Em muito pouco tempo, ela já limpou o prato e olha para mim com uma espécie de esperança.

— Você quer mais?
— Sim...
— Antes, me diga qual é o seu nome.
— Chinti — ela diz.
— Você é uma formiga? — digo para provocá-la.

Ela balança a cabeça que sim, bem séria.

— Você pode comer mais, mas vai precisar aprender a comer direito. É uma forma de respeitar você.

Ela olha para mim sem entender: a noção de respeito não é familiar a ela. Ela é cheia de uma gravidade que contradiz a idade dela. Uma espécie de inocência também. E uma confiança que nunca vi em outro lugar. Ela está pronta para acreditar em qualquer coisa que eu diga.

Naquele dia, senti uma felicidade inesperada. Nunca terei um filho, quero dizer, pelo menos não enquanto esse país com trinta milhões de órfãos não me permitir adotar. Chinti é uma nova possibilidade que me foi dada: finalmente oferecer algo a uma criança que não tem absolutamente nada. Orientá-la, talvez até protegê-la. Mais do que uma formiga, ela é uma borboleta. Ela estava fechada em si mesma, mas assim que percebe que só quero o melhor para ela, ela se abre. Olhos, braços, asas.

Já nessa primeira lição, aprender a comer corretamente, quatro dedos se fechando sobre um pequeno bolo de comida e mantendo a palma da mão limpa, ela entende tudo aquilo que não sabe. Ela está ansiosa para aprender. Explico a ela como experimentar cada alimento e saboreá-lo plenamente, com a boca fechada, usando tanto o paladar quanto o olfato. Explico a importância das especiarias, das cores, das texturas. Ela abre bem os olhos, nunca viu a comida dessa maneira. Ela foi visivelmente muito mal alimentada. É a primeira vez que ela experimenta alguns legumes.

Em seguida, a levo até o dormitório. Ela entra timidamente, vai em direção às joias penduradas em torno do espelho, estica a mão e pega uma delas.

— Tudo bem, pode pegar — digo a ela. Pode até colocar em você, se quiser!

Ela hesita e acho até que a escuto murmurar, com os lábios trêmulos, o nome "Bholi". Mas debaixo do meu olhar que a encoraja, ele se liberta rapidamente do medo. Logo ela começa a rodar, a rodopiar, pega um colar de miçangas e o coloca no pescoço, coloca pulseiras, pendura enfeites nos cabelos. Pega um véu e o enrola nos ombros. Eu começo a rir, comovida. Depois, interrompo seus movimentos e a coloco sentada de frente para o espelho.

— Olha — digo a ela.

Retiro tudo que ela colocou e começo a pentear seus cabelos. Estão mal cortados, mas são tão macios! Prendo-os com uma presilha e coloco um ramalhete de jasmim. Imediatamente, ela parece mais velha, mais misteriosa. Ela olha para si mesma com olhos fascinados. Passo *kajal* ao redor dos olhos dela, coloco um *bindi* em sua testa. Escolho um véu transparente, da mesma cor que o vestido azul celeste que ela está usando, e prendo-o em seus cabelos. Algumas joias combinando em volta do pescoço, pulsos e tornozelos.

Ela se levanta e gira, espantada, mal se reconhecendo. Depois, como se estivesse embriagada, começa a girar cada vez mais rápido, os braços se levantam e ensaiam arabescos deliciosamente leves, os pezinhos tocam o chão no compasso do som dos sininhos, e me dou conta de que vejo a mim mesma, criança, livre em meu próprio corpo, entregue ao prazer da dança, com meus sonhos, meus lábios sorridentes e meus olhos ávidos de alegria — sim, essa criança sou eu, dançando, cantando *Jhumka gira re*, sem saber ainda o que o destino me reserva! Mas, de repente, ela se joga no chão, aos prantos.

— O que foi, Chinti?

Seguro ela nos braços, a levo para minha cama, a consolo.

— Minha mãe queria que eu estivesse morta — ela diz espontaneamente.

E logo complementa:

— Eu posso ficar aqui com você?

Confesso que me senti tentada. Meus braços vazios pesavam. Meu coração pedia por ela, fique com ela, ela é sua, sua filha, nos seus braços, um presente, um dom, um milagre...

Mas não. Nossas regras nos proíbem. A lei nos proíbe.

— Não é possível, Chinti. Tenho certeza de que sua mãe ama você. Mas podemos ser amigas, você pode vir me ver quando quiser — digo a ela. E vou te ensinar a dançar.

O sorriso dela ilumina o cômodo e me inunda.

Foi assim que Chinti entrou em minha vida e que eu tentei prepará-la para uma vida que nunca seria a dela. Eu deveria saber que era impossível. Mas a esperança é uma mestra cruel. Talvez tenha sido isso que a jogou ainda mais rapidamente nos braços de Shivnath: comigo ela vislumbrou outra possibilidade.

Chinti é mais bonita que a mãe dela.

Ela sente, ela sabe disso.

Ela adora Veena e tem medo dela. Começa a ver nela uma rival.

Pois todos a admiram: eu, as outras mulheres, a cafetina e, sobretudo, Shivnath. Ela começa a se olhar de outra forma no espelho. Não é mais uma pequena formiga vermelha que se esgueira, mas outra coisa, um ser que se parece muito mais com as borboletas de Bholi. Além do mais, escondida, ela ousa agora usar as borboletas, o tempo de um sorriso que a faz brilhar, como se Bholi tivesse dado a ela a permissão. Nem uma formiga a ser esmagada com a sola do sapato, nem um monte de ossos; mas um gracioso conjunto de formas cuja metamorfose iminente pode ser prevista.

Seios? Não, ainda não, apesar da nova forma de caminhar com o peito estufado. Mas pequenos quadris arredondados, sim, e uma curvatura que permite balançar os quadris na medida certa. Desde que Shivnath proibiu Veena de cortar os cabelos dela, eles cresceram bastante, uma massa viva e pesada que, às vezes, serve como uma cortina para esconder as expressões e, às vezes, se abre para entregar o mais radiante dos sorrisos. E sempre esses olhos tão negros, tão desconcertantes, pois Chinti tem muitas coisas a esconder. Acima de tudo, os sonhos.

Ela está mais bem vestida também; Shivnath ordenou que ela seja vestida como uma mini-estrela de cinema, com saias que dançam quando ela corre, *cholis* que marcam a cintura e os ombros, véus que ela usa na cabeça como uma longa cauda de princesa ou que joga despretensiosamente sobre um ombro, bijuterias nas orelhas, no nariz, no pescoço, nos pulsos e nos tornozelos; tudo isso dado por Shivnath.

Graças às minhas lições, agora ela sabe se comportar corretamente, andar com elegância, manter a cabeça erguida e queixo alto, transformar em dança cada gesto da mão.

Foi assim que Chinti se tornou uma presença nova, uma imagem de encanto raro e precioso. Ela navega em uma nuvem de ilusões, imagina ser adotada por Shivnath e viver com ele na grande casa ao lado do templo, da qual ele fala. Os sonhos se misturam na cabeça dela, sonhos de criança e de adulto misturados. Mas ela tem consciência de uma coisa: é a dança de seu corpo que a permitirá conquistar Shivnath. No fim das contas, é a única linguagem que ela conhece. Ela não vai se ridicularizar como Veena com suas caretas grotescas e suas lantejoulas no ânus. Ela será leve como uma flor ao vento, longe da catinga do Beco.

A escola da fenda foi eficaz: Chinti salta por cima da adolescência para se tornar mulher antes de ter sido criança.

Veena vê tudo isso com medo, mas não tem coragem de dizer nada. Uma competição que empurra Chinti em direção a esse perigo cuja extensão ela nem suspeita: o apetite de Shivnath.

Veena, é claro, sabe que não se trata de uma rivalidade verdadeira. Mas o que ela não entende é o fato de que quanto mais tenta separar Chinti de Shivnath, mais ela os aproxima. Ela vê Chinti mudar, aprender a sorrir, a baixar os olhos, a se mover com graça, a praticar essa arte que as mulheres sempre utilizaram para seduzir os homens e vê que ela sabe usá-la muito bem. Como é bela essa menina! Veena não pode acreditar nos próprios olhos. Que ela tenha sido capaz de gerar aquilo, ela, o terror do Beco, a teria divertido, se não estivesse furiosa por dentro. O fato de que a pequena coisa cinza, chorona, com o nariz escorrendo, que se escondia atrás da divisória, tenha se tornado isso a deixa perplexa. Por quê? ela se pergunta. Por que brotar tanta beleza onde apenas a feiura pode nos proteger? (E ainda assim, não protegeu Janice.)

Não há resposta para isso; talvez a perversidade do destino?

Tudo isso é desejado, imaginado, ponderado, refletido, premeditado, pensa Veena: sim, a perversidade do destino.

Ela não dorme mais. Olha para a criança por perto, que não procura mais seu seio (ah, quando ela fazia isso, ainda pequena, aceitava por cansaço, por costume, quase por indiferença e, raras vezes, por prazer), que cresce a olhos vistos, pernas longas à mostra em razão dos vestidos terem ficado curtos demais, braços longos jogados para trás na esteira, longo e gracioso pescoço bem flexível (como seria fácil colocar as mãos em volta dele e apertar até que se quebre), e aquele rosto... Tudo isso para que Shivnath ou um outro monstro a arranque da lama onde ela nasceu simplesmente para mergulhá-la na merda dos homens? Tão rapidamente apagado, esse pedaço de existência que não chegou a lugar algum, que não serviu para nada?

É o destino da sua filha, Veena, ela pensa. Então se sente tentada, ah, como se sente, a estrangulá-la de verdade, sufocá-la, quebrar a cabeça dela, apenas para evitar a queda que é reservada a todas mulheres, pouco importa quem sejam elas, onde estejam, para onde as conduzem os próprios sonhos. Em todo caso, Veena não imagina um outro destino, outra possibilidade, outro caminho. Nada espera por elas. Nada além de predadores.

Na noite que as cerca, que as devora, Veena entra em uma outra fase de sua vida de mulher, ainda mais assustadora que a anterior. A própria infância não conta mais. Só importa a de Chinti, sua filha que precisou escolher o próprio nome, sua filha agora entregue de bandeja a Shivnath porque Veena não pôde ou não soube, como no caso do nome, dar a ela uma vida. Veena entra na fase da vergonha. Essa vergonha que nunca sentiu enquanto se vendia para os homens, pois a própria sobrevivência dependia disso, sente agora, porque foi ela que deu à luz esse pequeno ser e o entregou às garras do mundo. Aquela gravidez que proporcionou a ela alguns meses de folga dos homens, também a tornou responsável por uma outra pessoa.

Quando Chinti nasceu, pensou que poderia esquecê-la, largá-la atrás da divisória como uma coisa inútil e sem importância. Às vezes até se esquecia que ela existia. Estava errada. Chinti, ela agora começa a compreender, Chinti é talvez — mas terá mesmo coragem de admitir? — sua única oportunidade de amor.

Veena não dorme mais. Tenta imaginar como poderia impedir Shivnath de roubar sua filha. Mas vê Chinti se tornar essa mulher-criança com a qual sonham tantos homens, pois basta dizer que a criança é culpada por seduzi-los e não eles, nunca eles, que não têm culpa de nada, imagina!, e ninguém os questiona, nem mesmo as mulheres. Veena sabe que não pode lutar contra isso. Não pode proteger Chinti do mundo inteiro — mas, e de Shivnath?

Seu corpo está cansado, a mente esgotada. Uma espécie de desalento toma conta dela. Ela contempla o próprio fracasso: abismo infinito.

Desde sempre, Shivnath tinha uma ambição humilde: tornar-se um deus.

Certamente, no templo dele, os fiéis se ajoelham diante de sua estátua. Mas porque estavam acostumados a se prostrar. Para esses adoradores de fé fácil, a estátua tinha algo de divino. Ela está lá, presente, afável, corporificada; nenhuma necessidade de imaginar seres imateriais.

Mas ele, Shivnath, aquele que vive, anda, fala, come, bebe e defeca, não é exatamente uma divindade para eles. É o intercessor. Eles não adoram Shivnath em si mesmo e por si mesmo. Mais que o homem sadio que prega no templo, é a estátua, em escala maior que a natural, que se conforma à ideia que têm dos deuses. Esse era, então, o primeiro passo. Próxima etapa: ser ele mesmo tornado divino.

E era exatamente isso que Chinti ofertava a ele, ela que olhava para ele como para um deus! Maior que Shiva, que Vishnu, que Kali, e até mesmo maior que ele mesmo se via. Uma adoração inteira, sem questionamento e sem exigência, era o que ela oferecia a ele: a adoração dos puros. Livre das dúvidas que corroem os adultos e invadem os corações fracos. Ele queria preservar aquilo, colocá-la dentro de uma redoma, adorá-la.

Chinti, ele decide agora, será a consumação de sua ambição final. Ele a tomará, a moldará e a transformará. Fará dela aquela que o adorará para sempre, aquela que crescerá venerando seu benfeitor e conhecerá apenas ele. Ela deverá a ele até mesmo o menor suspiro. Ele será a fonte dela, a origem de tudo, seu objetivo final. Ele: divindade finalmente consagrada.

Veena não passa de uma distração passageira enquanto ele alimenta a própria obsessão.

Ao compreender que Shivnath só vem por causa de Chinti, Veena decide lutar. Recorre a estratagemas tão absurdos para seduzi-lo, a gestos tão degradantes que ele não sabe mais se ri ou se foge.

Um dia, enquanto ela se contorce como uma minhoca e lambe os dedos dos pés dele, ele é tomado por uma repulsa tão forte que, quase sem se dar conta do que faz, lhe dá um chute na cara e arranca o dedo de sua boca. O corpo de Veena vai cair de costas ao longe.

Ela não se mexe, não por estar ferida, mas porque naquele momento, de repente, sua impotência é total, a humilhação é completa. Logo depois, a raiva arde dentro dela, uma queimação que estoura a pele, que a incita a partir para cima de Shivnath e despedaçá-lo. Ela tem unhas, dentes e força para isso. Ela que nunca se curvou diante de ninguém.

Mas no instante seguinte, ela pensa em Chinti. Imagina que talvez esse novo jogo divirta Shivnath por mais algum tempo, antes que... Que talvez a embriaguez da violência o faça esquecer Chinti por algum tempo, antes que... Essa nova esperança varre ao mesmo tempo a humilhação e a raiva. Veena encontra dentro de si a força das lágrimas que nunca derramou para mostrar a ele sua completa derrota, finalmente revelar a nudez da própria alma. Abre para ele o livro de Veena, livro de noite e de exaustão, de deflagração e de amor. Por Chinti, por sua formiga. Aquela cujas patinhas minúsculas escalaram seu corpo para se alojar definitivamente no coração.

— Vou lavar os seus pés com minhas lágrimas — ela diz a Shivnath. Sou toda sua. Venha me possuir.

Mas ele recua, enojado. Não consegue mais, não quer mais olhar para ela. Vira as costas para ela.

— Não. A partir de agora — diz com frieza — venho apenas para ver Chinti. Ponha a roupa de volta.

Veena se levanta e se coloca de joelhos, os cabelos oleosos, o corpo e o coração devastados.

— Mestre — ela diz — ainda posso te dar prazer. Farei qualquer coisa, me diga o que você quer!

Ela nunca o tinha chamado de "Mestre". Nunca pareceu a ele tão desprezível.

— Não preciso de você — ele responde. Considero Chinti minha filha. Voltarei por ela.

Ele vai embora sem nem olhar para ela.

Sozinha, Veena começa a tremer.

Ela precisa fugir.

Ir embora, recomeçar do zero, forjar para si mesma uma nova vida, mesmo que seja pior do que aqui, viver na lama, se alimentar em um cocho, virar um burro de carga, qualquer coisa, qualquer um, contanto que as mãos de Shivnath e a boca de Shivnath e o sexo de Shivnath nunca vençam.

Ela não vai se dar por vencida, ainda não, enquanto ainda puder respirar. Estou viva... ela repete. Viva.

Chinti adormece ouvindo as promessas desesperadas da mãe.

Mas enquanto ela constrói um plano, Shivnath também toma uma decisão.

Na manhã seguinte, quando Veena termina a noite de trabalho, quando se prepara para fugir, ele volta.

— Kali falou comigo essa noite — ele anuncia. Mandou que eu tirasse Chinti desse ambiente que acaba com a inocência dela. Vou levá-la comigo. Ela merece coisa melhor que você.

Veena abre a boca para contestar, mas ao ver a expressão firme e determinada de Shivnath, aquele olhar frio que conhece tão bem, ela se cala. Tenta ganhar tempo. Avalia as possibilidades de fugir com Chinti sem ser pega. Possibilidades? Em outras circunstâncias essas palavras a teriam feito rir.

— Amanhã, *Swamiji* — ela diz humildemente — amanhã ela estará pronta para você.

— Não — ele responde. Vou levá-la agora mesmo.

Veena não consegue mais se conter.

— Nem adianta fingir que você é outra coisa diferente do que você é de verdade — ela diz com os dentes cerrados. Vá enganar outras, mas não eu, homem santo. Nunca vou entregar Chinti para você. Filha de Kali? Se Kali quer minha filha, que passe por cima de mim para pegar! Não vou pensar duas vezes antes de matar você. Eu juro!

Shivnath sorri, contente por ver que ela tirou a máscara.

— Minha pobre Veena, acha mesmo que pode me impedir?

— Chamarei todas as mulheres do Beco. Não vamos deixar você fazer isso!

O sorriso de Shivnath é franco e alegre.

— O bom de você — ele diz — é que a gente nunca fica entediado! Você só está se esquecendo que mulheres da sua laia não ganham nunca.

Ele chama Chinti que logo chega. Ele se ajoelha na frente dela, ele, o grande homem.

— Minha querida menina — ele diz — minha doce criança. Queria levar você para minha casa, onde será tratada como uma princesa. Você nunca mais será pobre. Quer vir com o tio Shivnath?

Chinti abre um sorriso de triunfo absoluto. Incapaz de responder, tamanha a alegria que a envolve, ela corre para seu abrigo. Veena tem um instante de esperança. Será que Chinti se recusaria a ir embora? Mas logo a menina volta, usando as roupas mais bonitas. Nos cabelos, Veena reconhece as borboletas de Bholi.

— Chinti! — ela chama.

O mundo de Veena e de Chinti se separa aqui. Veena estende a mão em direção à filha. Chinti está surpresa de ver esse desespero que desfigura o rosto da mãe, que nunca olhou para ela dessa forma. É Veena e é uma outra: a mãe amorosa que ela nunca conheceu. É Veena, sem carinho, e é uma outra: com uma prece nos olhos.

— Chinti... — diz Veena.

A criança não sabe mais o que fazer. A mãe, pela primeira vez, parece querer saber dela. Mas ela vê aquele corpo excessivamente nu, aquele rosto devastado, aquelas mãos tortas, aquele ser destruído, enquanto Shivnath, em pé ao seu lado, transpira frescor, oferece a ela uma segurança e uma felicidade que não pertencem ao Beco.

Então, ela desliza a mão dentro da mão de Shivnath. Eles começam a se afastar.

Veena corre e segura o braço de Chinti, mas com muita aspereza, com muita força, machucando a menina, Veena não conhece a linguagem da delicadeza, não consegue medir a extensão da própria raiva. Chinti se desvencilha e se aproxima de Shivnath, que a carrega nos braços e, resplandecente, triunfante, leva a menina para uma nova vida.

Nenhum dos dois olha para trás.

Veena está de joelhos nas poças do Beco. Pela primeira vez, não amaldiçoa a chuva. Nenhuma monção seria capaz de se igualar à tempestade que rebenta dentro dela. Só consegue ver a filha indo embora, radiante, nos braços daquele homem.

Veena está de joelhos diante dos fantasmas das próprias escolhas. Todos eles têm o rosto dela mesma.

Finalmente! Finalmente! A casa de Shivnath ultrapassa de longe todos os sonhos de Chinti. Nada que conheceu até agora a preparou para os mármores e o ouro, para as almofadas macias e as sedas. Ela acha que foi transportada para dentro de um filme de Bollywood. Pois Shivnath vive na mais magnífica opulência. Resguardado do olhar de seu rebanho, ele se permite excessos que ninguém poderia imaginar.

Em segredo, construiu um lugar inteiramente dedicado ao próprio prazer, reflexo perfeito de suas contradições. Ama tanto os elementos nobres quanto as mulheres perversas, comidas requintadas e odores insalubres. Considera-se acima de todos. As pessoas comuns lutam com as necessidades e carências, mas ele tem tudo ao seu alcance. Voltar para casa depois de passar pelo Beco multiplica o seu prazer. Antigamente, depois de ver Veena, demorava a tomar banho para continuar sentindo os cheiros dela, antes de mergulhar no perfume de essências florais que toma conta da casa e se encher de água de colônia cara.

Mas para completar a felicidade, ele precisava de Chinti; aquela adoração completa, aquela fragilidade, aquela alegria.

Ele saboreia a presença desse passarinho que caiu em suas mãos. Antes de possuí-la, vai cuidar dela, aproveitá-la. Precisa da pureza dela. Ele se senta em um sofá confortável e a observa descobrindo seu paraíso. Os risos e os passos ressoam pela casa inteira. Ouvindo a menina, ele desliza a mão para debaixo do dhoti. Ah, Chinti, Chinti... ele suspira. Formiguinha.

Chinti, por sua vez, vive todos os sonhos de todas as meninas.

Se Shivnath nunca teve esposa até agora, é porque considera as mulheres de sua casta e de seu círculo muito reprimidas pelos princípios. A pele delas é uma armadura metálica e os olhos, uma superfície de vidro que não toca nenhuma tentação (ou que dissimula muito bem). Ele procurou por muito tempo, mas tudo que sentia perto delas era tédio. Até que um dia se aventurou pelo Beco. Primeiro, por curiosidade. Depois por obsessão.

O Beco é o inferno que ele precisou para melhor gozar de seu paraíso. E as mulheres! Ah, nenhuma regra, nenhum fingimento, nenhuma falsa pureza. Elas fingem, é verdade, ser tudo o que queremos, a esposa virgem, a menininha risonha ou a velha ranzinza, mas nunca negam o que são: nada.

Nada, menos que poeira, menos que lama e que merda. Nada além de um corpo esperando a decomposição, criada para satisfazer as necessidades primárias. Simples veículo da perversidade humana.

Talvez seja o que o fascina tanto: essa simplicidade. O perfeito oposto da grande maioria de suas congêneres que, entre castas, religiões, línguas, dinheiro, sexo, convicções e invejas, são como esses sapos de Bihar da piada, que dizem que não é preciso colocar uma tampa na caixa quando são capturados: estão todos muito ocupados puxando para baixo aqueles que querem fugir. Ninguém consegue fugir, exceto uma parcela ínfima. Os indianos estão igualmente ocupados a negociar as próprias vidas com as divindades, celestes e terrestres, que os governam. Tudo comprar, tudo monetizar, o povo mais espiritual e mais materialista que existe. Eles não conhecem a simplicidade. Cada relação humana é uma negociação, ninguém é um indivíduo em si mesmo, a comunidade é a força e a fraqueza deles.

Mas não para as mulheres do Beco. A sociedade as rejeitou há muito tempo. Então elas se agarram à vida com uma ferocidade que surpreendeu Shivnath na primeira vez. E também, ele precisa admitir, um orgulho de ser quem são e nada mais. Sem falsidades, sem evasivas. Somos o que somos. Nosso corpo diz o que somos.

No Beco, a religião não consegue professar suas mentiras. Quando acreditam, é com uma paixão absoluta, que não tem nenhuma relação com a forma como vivem. Quando não acreditam, é com a mesma paixão e um desdém por tudo aquilo que escraviza suas semelhantes. Ele nunca havia conhecido tamanha integridade E nunca imaginou encontrá-la em um lugar assim.

Mas Chinti é capaz de dar a ele acesso a esses dois mundos. É produto do Beco, feita da carne das mulheres. Mas ainda é criança, tocada pela inocência divina. E, sobretudo, ela é dele. Inteiramente. Massa a ser moldada. Beleza a ser admirada. Fruta a ser degustada.

De repente, percebe que não a escuta. Uma angústia toma conta dele. Onde ela está? Será que fugiu?

Começa a procurá-la. Não está na sala, nem no banheiro, nem na sala de banho, nem em um dos quartos onde esperava vê-la dormindo. Finalmente, sem fôlego, sai da casa e corre em direção ao templo.

É lá que a encontra. De pé, os olhos arregalados, diante do cômodo reservado a ele, onde está a estátua. Ele fica em pé atrás dela e tenta ver o que ela vê: a estátua de mármore de Shivnath, imensa, a testa austera, a expressão suave e forte ao mesmo tempo, o nariz fino, um enigma na boca. Assim, congelado no tempo e no espaço, ele parece verdadeiramente divino, planando, como todas as divindades, bem acima das reles reflexões dos homens.

Chinti, petrificada, contempla a estátua com uma perplexidade de criança diante uma manifestação sobrenatural.

Ao sentir a presença de Shivnath atrás dela, levanta os olhos em direção a ele:

— Você é um deus? — pergunta com a voz trêmula.

Ele não responde, mas sorri maliciosamente.

Então, ela se ajoelha.

A quilômetros dali, Veena também se ajoelha.

Revê Shivnath segurando nos braços sua menina, sua Chinti, vestida com as melhores roupas, a ponta da echarpe se arrastando na poeira. Eles vão embora sem olhar para ela.

Está no chão, coberta de marcas roxas e vermelhas, devastada com a derrota, prostrada pelo desespero.

Sabe muito bem o que ele quer fazer com Chinti. Nada assusta Shivnath. Nada pode pará-lo. Ele tem todos os direitos. Não a soltará até que tenha tirado tudo dela, sugado o sumo de sua carne, arrancado toda a carne de seus ossos. Somente depois, somente então, a trará de volta. Vai jogá-la no Beco como um pequeno pacote de vida que ele terá consumido até o miolo. Vai entregá-la à cafetina e dizer para fazer o que quiser com ela. Pagará pela virgindade que ele tomou. Mas quem retornará não será Chinti.

A Chinti dela. Aquela que tratou apenas como uma presença incômoda, aquela por quem as outras mulheres do Beco tiveram mais afeto que a própria mãe. Ela se lembra da tristeza de Chinti quando Bholi morreu, como as outras a vestiam e penteavam enquanto Veena enfiava nela roupas imundas, e como recentemente a menina se tornou mais graciosa depois de ter sido percebida pelas hijras da esquina. Até as hijras, essa comunidade cuja identidade é incompreensível para Veena, tiveram mais carinho com ela!

Nenhuma punição lhe parece suficiente para isso, apenas a morte.

Mas sua morte não salvará Chinti. O que deve fazer é arrancá-la de Shivnath. E aproveitar para estraçalhar aquelas bochechas lisas e despedaçar aquela pele com cheirando a flores e sândalo que o reveste. Apagar, erradicar tudo desse homem que é sua maldição!

Desde que Chinti foi embora, ela só pensa em uma coisa: como destruir a corrente que mantém todas elas nessa fossa de lama? Será possível?

Sim, diz para si mesma, sim, deve ser possível. Possível voar para longe, fora do controle dos machos, dos senhores absolutos do destino. E, se for preciso, abalar a terra, o céu e o inferno para que Chinti não seja condenada, aos dez anos, ao mesmo destino, às mesmas queimaduras.

Veena se levanta. Sim: possível. Mesmo que o primeiro passo seja o mais difícil.

Rosnando como uma cadela raivosa, Veena sai para o Beco. O primeiro passo foi dado.

Veena

Da varanda da Casa, vi tudo. Vi Shivnath levando Chinti com a arrogância daquele a quem nada é recusado, aquele a quem pertence a própria terra, o que tem o apoio dos deuses, aquele diante do qual tantas pessoas se prostram que ele toma a adoração dessas pessoas como algo devido.

Ele saiu do quartinho de Veena, passou por cima do degrau de tijolo levantando a ponta do dhoti branco. O pé calçado com um chinelo de couro tocou o chão como se andasse sobre uma nuvem. Ele carregava Chinti nos braços: um troféu. O Beco parecia estar em suspenso. O tempo parecia ter parado. Todos entenderam que daquele ponto não havia retorno.

Mas quem ousaria se opor, frustrar a onipotência de Shivnath?

Um homem santo, uma criança vinda de um beco maldito. Nenhum traço de ligação. Nenhum, exceto aquele que une desde sempre o macho à fêmea. É isso que nos governa. Aqui no Beco, nenhuma ilusão: o sexo é o motor do nosso mundo e do mundo. E a santidade dos homens (e das mulheres) é completamente relativa.

Pego meu lenço, cubro meus ombros e saio por uma vez sem me preocupar com minha maquiagem nem com meus cabelos. Pretendo ir encontrar Shivnath, dizer ao mundo o que ele realmente é, esse homem que só precisa estender a mão para que uma criança caia em sua palma como uma fruta madura, em breve podre. Não posso deixá-lo triunfar. Chinti é preciosa demais para mim.

No Beco, todos os olhos estão apontados para mim. Hesito, surpresa com toda aquela atenção. Parecem esperar alguma coisa.

Sei como Chinti marcou o Beco. Nos apegamos a ela como nossa última esperança.

Eu cumprimento essas pessoas que normalmente me ignoram e que hoje se voltam para mim.

É então que encontro Veena. Ela parece ter a mesma intenção que eu. Eu a interrompo.

— Veena, espera. O que você pretende fazer?

Ela olha para mim com hostilidade.

— Por que você está se metendo? — ela pergunta.

— Quero te ajudar.

O olhar dela é mais desconfiado do que nunca.

— Você não poderia fazer nada por Chinti. Isso não é da sua conta.

— Eu amo Chinti como minha filha — digo a ela.

Ela ri com sarcasmo:

— Shivnath também ama Chinti como uma filha. Quantos pais ela tem? E quantas mães? O que todos vocês fizeram por ela?

— Sou sua única aliada. Você não tem muitas. Então, você quer minha ajuda ou vai abandonar a menina?

Estamos de pé, cara a cara, no Beco. Ela, a mãe de Chinti, e eu, protetora da menina. Será que ela vai me recusar esse direito? Será que ela vai fazer com que seu orgulho passe na frente de Chinti?

Ao ver as mãos dela tremendo como se estivessem para ser arrancadas pelo vento, as mãos que ela tenta esconder debaixo do sári amarrado às pressas, sinto muita pena. Debaixo da dureza e do cinismo, há uma mulher aterrorizada. A maquiagem escorreu em torno dos olhos e da boca, as roupas estão penduradas de qualquer jeito, a barra do sári suja de lama. Mas os olhos de Veena não enganam. Estão afogados em remorso, enterrados em anos de negação. São os olhos daquelas que acreditam ter superado tudo, mas que não se recuperaram de nada. Veena se mantém de pé com muito esforço. Chinti, sem que ela percebesse, era seu milagre.

— Eu quero destruí-lo — ela me diz. Quero destruir Shivnath. Você quer mesmo me ajudar?

Eu não hesito.

— Sim.

Nos olhos de Veena desperta, então, a guerreira que a manteve de pé por todo esse tempo, a fúria intacta. Ela nunca a abandonou. Por mais que tenha sido enterrada viva, ela sempre volta à superfície.

— Nós não somos assim tão diferentes — lhe digo. Mas sei que a acolhida que recebi na Casa não foi a mesma reservada a ela no Beco. Eu conheci o amor. O amor de nossa Guru, de Réhane, das outras hijras. Nossos risos, nossas dores, nossas mãos dadas. Cada uma de nós sabia o que a outra vivia. Mas as prostitutas? Elas são rivais, perigosas, prontas a se dilacerar, apesar da aparência de solidariedade que reaparece assim que os homens vão embora. Veena viu o mundo apenas por detrás de uma cerca de arame farpado. Quis ensinar Chinti a ser dura como esse ferro afiado, mas não é culpa dela. Ela não tinha outra escolha.

— Já está muito tarde para ir atrás de Shivnath hoje, Veena — disse a ela. Ele terá trancado a casa e se recusará a nos ouvir. Iremos juntas amanhã de manhã.

Ela olha em volta e vê as mulheres em pé em suas portas, brilhando, queimando, cheias da mesma fúria que ela. Um pouco mais adiante, em frente à Casa, as hijras também se juntaram. Todas esperam nossa decisão.

— Por Chinti — eu murmuro.

Veena ainda hesita.

— Mas essa noite... essa noite... Ele vai...

— Se ele for fazer isso, não vai esperar até de noite. Mas ele vai esperar. Vai tomar precauções. Ele precisa pensar na reputação dele. Se nos precipitarmos, os fiéis vão defendê-lo e nós vamos perder.

Ela vacila, exausta, devastada. Mas ela não cai.

— Então amanhã... — ela diz. Amanhã nós vamos.

O mundo gira em torno de Chinti. O planeta Shivnath orbita em torno dela.

Chinti saboreia iguarias que nunca tinha nem provado até então. Prova o *lassi* de manga que deixa uma espuma dourada em torno dos lábios. Devora *pakoras* de cebolas e berinjelas que lambuzam os dedos de azeite. Morde os *puris* que estalam e incham como almofadas de ar. Chinti tem a boca lambuzada de gordura, açúcar, mel. De sangue.

Chinti, que nunca fora lavada senão agachada debaixo de uma torneira de água fria ou com a ajuda de um balde e de uma caneca de plástico, descobre as maravilhas hidráulicas modernas. Pega o sabonete com cheiro de lavanda que um devoto de Shivnath traz para ele todo ano, religiosamente, da França, e o esfrega durante tanto tempo pelo corpo que a pele fica toda enrugada. Depois, sai nua do banho, sem nenhuma vergonha, entre as fragrâncias de lavanda e de criança. Escolhe uma saia, uma blusa, um lenço e veste tudo com os olhos brilhantes, diante do espelho. Vê no próprio reflexo o efeito que tem sobre Shivnath.

Ela. Chinti. Formiguinha que cresceu.

O mundo está ao seu alcance. Passou do inferno ao paraíso. Ela flutua, dança, se deixa invadir por um sentimento de bem-estar que a convence de que nunca deve ir embora, que fará de tudo para que Shivnath nunca a mande de volta para o Beco. Lá não, sobretudo, não naquela imundice, com aquele cheiro de corpo podre, com pouca comida, a esteira puída, o esconderijo atrás da divisória que agora parece a prisão de um sonho obscuro. Lá não, para receber os tapas e as palavras duras de Veena, para viver perto daquela mulher de ossos e de ferro, que foi qualquer coisa, mas não foi uma mãe, menos que Bholi e menos que Sadhana, que deu a ela a alegria.

Mas no mesmo instante, volta traiçoeiramente a sensação de se aninhar na mãe, carne quente, respiração ardente, presença soberana, necessária. Ela a envolve, a domina. Veena... Seus braços estão vazios. Vazios de Chinti?

Ela começa a tremer. As lágrimas saltam, o nariz escorre. Ela se desfaz, como uma pequena massa esfarrapada, apesar das belas roupas e das joias nas orelhas e no nariz.

Shivnath, estupefato, teme um envenenamento, uma doença avassaladora, qualquer coisa, pois a crise de choro veio sem aviso.

Ele a carrega e a leva para o quarto ao lado do seu. A consola, enxuga o rosto e acaricia os cabelos dela. Ela parece se acalmar um pouco e segura a mão dele:

— Não me abandone.

— Minha pequena, minha ternura — ele responde — você está segura aqui, você está comigo, não vou abandonar você.

Ela aperta a mão dele bem forte. Coloca o rosto liso na grande palma da mão do homem. Ela o mantém por perto até adormecer. Shivnath passa a noite sentado ao lado dela, preenchido por um desejo sublime.

Na manhã seguinte, sabe que não conseguirá esperar mais tempo. Vê os olhares pesados dos servos, que não vão demorar a espalhar a fofoca. Diz a eles que Chinti é uma pequena sobrinha órfã, vinda de seu vilarejo, que foi entregue a ele, mas ao ver os olhos baixos e as expressões dissimuladas, compreende que não são tolos. Ele não gosta da forma como observam Chinti; como uma formiga que gostariam de esmagar com as patas sujas.

Ele toma o café da manhã sem nem sentir o gosto, enquanto Chinti, recuperada do dia anterior, devora tudo. Finalmente, ele para de comer e a contempla.

O que mais ele pode fazer, o pobre? Por enquanto, apenas seu olhar pode possuí-la. Paciência, Shivnath! Paciência! — o aconselha a própria cabeça. Mas o corpo não obedece.

A luz desliza sobre ela, na pele, na testa, nas mãos, a acaricia, cobre ela de dourado. Tudo que Chinti toca, brilha. Essa colher. Esse garfo. Essa xícara. Esse crepe de mel.

Em Chinti, a luz é um fluxo espesso, uma cascata cuja origem não pode ser vista, ou talvez seja ela a origem, a fonte verdadeira, tudo iluminado por ela, e é por isso que ele, Shivnath, sente tamanho deslumbramento que deve se ajoelhar.

— Você é minha deusa — ele diz.

E é então, simples assim, nesse gesto de adoração, que a solução é oferecida a ele.

Para entender o que está acontecendo, é preciso saber que a escória da sociedade que somos nós, as prostitutas e as hijras, não temos nenhum poder de decisão. Para os outros, somos um mal necessário e nada mais. Se uma puta ou uma hijra é morta, a polícia não se dá ao trabalho de fazer uma investigação e prender o culpado (às vezes, são os próprios policiais que nos matam). É um parasita a menos, eles pensam. Sobrevivemos nesse entre-lugar onde ninguém nos dá nada. Tudo o que temos, pagamos com nossos corpos.

Se você nunca sentiu um ferro quente na pele, não saberá o quanto a vida das hijras é permeada pela violência, pelo repúdio. Isso se reflete em nossos rostos maquiados, na bela intensidade de nossos traços. No sári que precisamos merecer. Na cabeleira que tratamos como nosso bem mais precioso. Ao anoitecer, nos penteamos juntas na soleira da porta, lânguidas, cansadas, silenciosas, e o pente em nossos cabelos é uma música que apenas nós compreendemos. Nossos cânticos falam de aceitação.

Aceitamos esse vão onde nos alojamos, lá aonde se lançam todos os exilados. Pois há tantos exílios possíveis. Esse é o nosso: a criança a quem recusam o direito de dançar, o jovem que apanha por causa das articulações frágeis e dos olhos muito doces, o homem maduro que nunca foi um homem e que não tenta se esconder em suas roupas femininas e em sua máscara de maquiagem, mas que, pelo contrário, se revela na luz do dia, como para si mesmo. Entretanto, para chegar aí, ele deve aceitar existir nesse vão, nesse entre-lugar, mesmo que o mundo se torne para ele inacessível e estranho.

Essa escolha nos permite sobreviver. As hijras são, aos olhos de alguns, protegidas por uma unção divina. Quando os outros sentem uma vontade de violência, devem se esconder e não têm o direito de nos matar impunemente, apesar de sempre encontrarem uma forma de fazê-lo. Mas a maior vingança deles é nos mandar para o mais longe possível, nos relegar a um lugar que mal toca o deles, de nos tornar invisíveis por sermos tão visíveis e de nos condenar a sobreviver esbarrando o tempo todo na morte.

É por isso que enchemos nossas vidas de cantos e de danças. Nossas vozes sempre estão prontas a se levantar como se pudessem romper o silêncio que nos rodeia desde o nascimento; mas há muitos gritos no avesso da nossa pele.

As pessoas nos dizem: ajam como palhaços em seus sáris coloridos, entreguem-se completamente à farsa de feminilidade, rebolem como selvagens e aceitaremos a presença de vocês com a esmola que lançamos. Mas que nenhuma voz contrária seja ouvida, nem nenhuma queixa ou revolta, pois vocês não têm esse direito. Principalmente, não têm direito a um *status* qualquer em nossa sociedade tão perfeitamente organizada.

Estamos em vias de desaparecimento. Nossa comunidade se reduz à medida que os mais jovens buscam outros caminhos. É claro que há outros caminhos e isso é bom. Mas nós temos uma coisa a mais: um mistério, uma existência fora do mundo que apenas nós podemos compreender. Uma espécie de magia. É dito no *Mahabharata*:[11] somos metade mulher, metade divinas. E os deuses todos são duplos. Nós, as hijras, compreendemos a poesia dos corpos. Ela nos habita, ela nos encanta. Ela nos abre uma outra dimensão.

Quando Chinti entrou em nossa vida, mais que qualquer outra coisa, ela nos fez vislumbrar um futuro, uma coisa impossível: nossa própria continuidade.

Réhane e eu sonhamos em adotá-la, rindo um pouco de nossa estupidez, mas acreditando ser possível apesar de tudo, apesar de nós. Ela para esquecer por um instante a doença que a corroía, eu para esquecer que ela estava me deixando.

Às vezes, quando Réhane estava particularmente cansada, eu dizia a Chinti: "dance Chinti, dance a música *Jhumka gira re*, dance para Réhane", e ela colocava seus *ghungrus*, os sininhos de dançarina, colocava um véu transparente nos cabelos e começava como um pequeno motor, rodando, rodopiando, as mãos se revirando e os pés mal tocando o chão, os cabelos esboçando uma dança própria em volta da cabeça, e nós olhávamos para ela, subjugadas por tanta leveza.

Não era mais uma dança, mas a dança. Não era mais ela, era eu e era Réhane e era nosso caminho de liberdade que ela nos oferecia daquela forma. Eu experimentava novamente a sensação de quando era criança, colocava as saias longas e rebolava. Eu também havia conhecido essa liberdade, essa alegria sem sombra, essa mesma inocência. Mas Chinti não era inocente, nós sabíamos disso, isso era impossível no Beco, aquele conhecimento nascia com o primeiro olhar e com o primeiro grito. Então, como ela fazia?

Logo, parávamos de pensar e nos deixávamos levar. Chinti tinha esse poder. E talvez outros mais.

Réhane acabava sorrindo, depois dando risadas. Era isso que esperávamos, Chinti e eu: que o riso apagasse as dores dela.

Ao fim da dança, Chinti se jogava na cama, entre nós duas, e permanecia assim, tranquila, contente, e nós também, tranquilas, contentes de ter aquela que poderia ter sido nossa filha, com seu cheiro de criança e de enxofre. Uma trégua nesse Beco louco.

Então, os barulhos voltavam a ecoar na noite. Primeiro, o chamado das mulheres como pássaros noturnos lançando seus gritos para qualquer macho à espreita. Depois, a chegada dos homens-gaviões de rostos anônimos, comuns, aterrorizantes. O breve murmúrio do acordo e, enfim, a sinfonia de murmúrios e de falsos gemidos, antes que os verdadeiros gritos de dor se elevassem, quando o óleo rançoso da manhã escorria entre as pernas.

Era sempre a mesma música dissonante. A música de todas nós, a música das deserdadas, dizem alguns, mas isso não é verdade, não somos deserdadas, nunca possuímos nada. Nascemos nuas ou mais que nuas, disfarçadas e deformadas por nossa pele e por nossos órgãos, presas em um sexo que não escolhemos, e este país, ah deuses, este país está aqui apenas para nos assassinar com suas regras obscenas das quais conseguem escapar apenas os ricos e os bem-nascidos, ele condena a imensa maioria dessa imensa multidão a se virar como pode e empurra a camada final, a mais baixa, aquela que não tem nenhum poder, para sumir nos interstícios, nas fendas, nos buracos de esgoto, para abraçar o próprio destino: a derrota eterna. Intocável, transsexual, leprosa, mãe solteira, criança deformada, a lista é infinita e sempre se encontra algo inferior a si mesmo.

Esses momentos com Chinti nos permitiam esquecer a cacofonia desse país. Ela tinha alguma coisa de milagrosa, aquela criança que era também uma brecha, uma esperança, uma luz.

Uma criança que era luz.

Foi por isso que não tive escolha: era preciso ajudar Veena a protegê-la, a proteger essa luz. Mas no dia seguinte, quando fomos ao templo de Shivnath, não pudemos fazer nada.

Nosso mundo gira em torno do invisível. No centro de tudo, há um vazio: o enigma que é nossa origem e nosso fim. Aquele que buscamos decifrar a qualquer preço sem compreender que é impossível.

Mas viver enfrentando esse vazio também é impossível. Assim tentamos preenchê-lo com seres invisíveis, forjados completamente por nossa imaginação: deuses, santos, anjos, demônios, bruxas ou espíritos, enfim, toda uma coleção de criaturas que povoam nossa mente e nos prometem algo além da morte, enquanto nosso corpo está ocupado morrendo. É isso que nos impulsiona a nos arrastar no pó, nos flagelar, fazer dez genuflexões ou andar sobre brasas para provar nossa sinceridade e pureza de alma. Tudo isso para não aceitar que tudo é resultado de nossas próprias ações, viver como morrer, amar como odiar, dar a vida como tirá-la — tua mão que segura a faca nunca foi tão livre, entenda bem, ó guerreiro que afirma obedecer aos deuses!

Shivnath não experimenta nenhum temor diante do vazio: as crenças dele são tão falsas quanto a estátua de sua imagem no templo. Poderia se pensar que ele teria medo de proferir, ainda que só em pensamentos, tais heresias, mas não é o caso. Não, ele sabe que quando morrer, sentirá apenas a madeira queimando ao redor do corpo, o fogo o consumindo e as faíscas o iluminando uma última vez enquanto a pele derrete como manteiga e a carne como um xarope amargo. Será apenas esse corpo envolto em uma dança macabra, à qual aqueles que observam estarão completamente indiferentes. Nada mais.

Sabendo, então, de seu fim, de sua futilidade, de sua finitude, ele pode enfrentar tudo sem precisar se esconder e assumir com a maior certeza: não somos feitos para sermos bons. Somos maus desde a gênese, seres ardilosos, impulsivos, perversos, egocêntricos e mesmo aqueles que acreditam fazer o bem, o fazem por motivos egoístas — para comprar para si um paraíso, se redimir de um erro, se redimir diante de si mesmo. Não há nada mais falso que a santidade dos homens que se dizem santos e Shivnath sabe muito bem disso. (Os seres verdadeiramente santos não gritam aos quatro cantos, pois arriscariam morrer em uma cruz.)

Os seres como Shivnath são ovos que só se revelam podres quando se quebra a casca. Por fora, parecem sadios. Eles têm a cor arenosa, de avelã ou bem branca dos belos ovos de galinha, às vezes com manchas de alguma pigmentação fortuita. Mas quando o ovo perfeito é quebrado com uma batidinha no lado, o cheiro de ácido sulfúrico toma conta e uma baba esverdeada escorre. O ovo impecável se revela podre, empesteia o ar, tudo fica contaminado.

Assim são os homens que se dizem santos: ovos podres, mas primorosamente brancos, de uma pureza que apenas esconde a corrupção interior; santidade com cheiro de esgoto. A farsa é maravilhosa. Shivnath mergulha na adulação de seus seguidores, mesmo que a mão erguida em bênção esteja pronta para dar um tapa no corpo ajoelhado diante dele e ninguém diga nada porque estão todos cegos. Ele pode pregar a palavra correta e instilar seu veneno de ódio, culpa e vergonha para ensinar os homens a obedecer, obedecer aos preceitos e às regras, temer os castigos e acreditar que são escolhidos, única chance de paraíso, e obedecer, obedecer ainda mais, única esperança de escapar do massacre, obedecer como único modo de vida, como único recurso. O conhecimento vem dos livros sagrados e de nenhum outro lugar, diz ele, somente os homens santos sabem ler e interpretar esses livros. Assegurar a subjugação do rebanho: prazer do sacerdócio.

Mesmo os ditadores não têm essa impunidade moral, pois seus súditos se submetem por medo. Aos homens de deus, submete-se por escolha, com a confiança obtusa dos imbecis, com a ausência de livre-arbítrio de escravos consentidos. Shivnath sabe que pode fazer o que quiser sem temer uma revolta.

A educação dele, entretanto, foi boa. Os pais eram pessoas virtuosas, mas equivocadas. Tinham exatamente as mesmas convicções que os fiéis de Shivnath. Quer dizer que nascer na casta dos Brâmanes oferecia a eles um belo destino, os tornava superiores às outras castas, os colocava antecipadamente em uma posição privilegiada, de onde nenhum ato repreensível, nenhuma deficiência física ou mental poderia derrubá-los. Para eles, apenas o nascimento era fonte de mérito.

Eles não sabiam que Shivnath tinha compreendido perfeitamente as vantagens desse trabalho e que ele tinha visto o que o pai não via: a extensão do poder ofertado a ele. Melhor que ninguém, ele soube alcançar o coração dos homens, seus desejos e seus limites.

Ele conseguiu mais do que esperava. O templo modesto herdado do pai cresceu com ele. As multidões se aglomeraram ali. Responderam ao chamado de Kali, o chamado às armas, por uma Índia vingativa. É uma resposta justa após séculos de invasão, afirmam eles. Há alguns anos, o partido no poder os encoraja. Como resultado, Shivnath se tornou o homem mais importante e influente da cidade. Foi liberado de qualquer restrição.

Logo, não teve nenhum receio ao se oferecer Chinti.

Enfim, se oferecer... Não, foi ela que veio até mim, Shivnath diz a si mesmo, foi ela quem se apoderou de mim. Ela é uma criança, certamente, mas é mais mulher do que qualquer outra que eu já tenha conhecido. Milagre de feminilidade, o apogeu dos meus desejos. Já possuí mulheres fortes como Veena ou feias como Janice ou estúpidas como Bholi. Também conheci mulheres muito bonitas, que vieram rezar para sei lá o quê, na maioria das vezes por um filho, mas às vezes também pelo trabalho do marido ou pela cura da mãe. Eu as segurava pela mão, dizia que isso exigia um enorme sacrifício. Seu ventre está fechado para a bênção, dizia a elas, mas a divindade vai se ocupar de abrir você para o milagre da partilha e do encontro. Venha, venha. E elas vinham. Algumas com toda inocência, outras sabendo o que as esperava, mas preferindo acreditar em mim do que encarar os olhos acusadores do marido e da sogra. Pelo menos, teriam feito o que era preciso, o que podiam fazer, mesmo que isso incluísse ser tocada, acariciada ou até mesmo penetrada pelo homem santo que murmurava preces enquanto as possuía, fingindo que não era ele, mas o *lingam* de Shiva que as semeava. Que desculpa excelente o *lingam*, quanta coisa fiz em nome dele! Eu adorava ver os olhos arregalados quando elas recebiam minha semente divina.

Divina semente em corpos escravizados, nada lhe foi recusado.

Mas Chinti.

Ela está acima. Animal e humana, diaba inocente. Diante dela, Shivnath se sente humilde, como se estivesse diante do maior dos mistérios. Por ela, ele começa a pensar que, talvez, exista algo que nos ultrapassa, que não é nem bom nem ruim, mas tão diferente de nossa natureza humana que não podemos compreender, apenas temer. Uma outra espécie de filosofia. O vazio e a futilidade são o destino dos fracos. Mas Chinti o fez vislumbrar uma outra dimensão onde os fortes podem se tornar mais fortes ao se apoderar do invisível.

É isso que ele busca: sondar os verdadeiros mistérios, longe das falsas respostas que os religiosos são forçados a dar para fazer com que acreditem no poder e no conhecimento deles. Tocar, por uma única vez, um verdadeiro milagre. Por que isso não seria permitido a ele? O mundo se dá para quem sabe aproveitar.

Os que chafurdam na lama e tentam tocar a vida pelo pequeno, pelo insignificante, pelo infame, esses não merecem nada além do que os espera. Apenas alguns, visionários talvez, podem agarrar com as duas mãos o dom do desconhecido e trilhar de cabeça erguida o caminho das virtudes.

Ser transformado em estátua e adorado por imbecis não é mais suficiente. Ele precisa de uma vestal inteiramente dedicada ao seu ser, à sua grandeza, aos seus desejos. E não qualquer uma: aquela que carrega dentro de si tanto a imundice quanto a pureza.

Apesar dos diálogos interiores, Shivnath é lúcido o suficiente para saber que está apenas tentando justificar o sortilégio Chinti, as razões dessa fascinação que não conseguiu dominar, arriscando se trair diante dos súditos. Aos olhos deles, essa obsessão não deve ser reduzida a uma atração doentia. Chinti não deve ser vista como uma criança comum: deve tornar-se uma deusa.

Uma deusa proveniente de Kali e de Lakshmi ao mesmo tempo, uma *yoni* — por uma vez a vagina seria adorada no mesmo patamar que o *lingam* — que precisava encontrar para si um *lingam* tão poderoso quanto ela.

Fomos feitos um para o outro, grita Shivnath na solidão de seu templo. Venha, minha Chinti, venha!

E em sua imaginação, ela vem.

Naquela noite, ele fez soarem os sinos do templo sem parar. Eles soaram, soaram, se entrechocaram, bateram uns nos outros, se harmonizaram. Ele se banhou, se esfregou, se perfumou com essência de madeira de sândalo, depois se banhou novamente, se esfregou, se perfumou, espalhou óleo pelo corpo, até ficar com o mesmo cheiro, exatamente, que as divindades do templo. Os longos cabelos flutuando livres em torno do rosto. Sua altura imponente lhe confere uma presença ainda maior. No templo onde oficia, sua voz é amplificada por microfones habilmente escondidos enquanto ele entoa as preces em sânscrito. A voz de Shivnath causa arrepios nos fiéis agitados pelos sinos e tambores. Um fervor elétrico toma conta deles. Aquele belo fervor que arrebata as multidões e as cega.

Ao fim da prece, ele anuncia um milagre.

— Tudo será revelado a vocês em Benares — ele diz. Partiremos ao amanhecer.

Os ecos fazem a mensagem ressoar: partiremos ao amanhecer. Sempre há milhares de pessoas prontas a partir em peregrinação para mudar o próprio destino. No fim das contas, o que têm de melhor a fazer?

Ele deu ordens a todos na casa. Os empregados são bem treinados. Embalaram roupas, utensílios de cozinha, livros sagrados, instrumentos de prece, comida, tudo o que é necessário para o dia a dia de um homem de deus. Um deles veio perguntar, de olhos baixos, se deveria também embalar as coisas de Chinti. Ele usou a palavra *bacchi*[12] para se referir a ela, a criança.

— Sim, é claro — respondeu Shivnath irritado. Em seguida acrescentou: não a chame de criança. Para você e para todos ela é Mata, a mãe. Avise aos outros. Ela é a encarnação de Kali que voltou à Terra para nos salvar.

Ele vê o olhar cético do empregado, que desvia rapidamente o rosto. Shivnath nem liga. Os empregados precisam dele para mantê-los fora da miséria absoluta.

Ele chama Chinti. Ela chega com seu passo saltitante e o ritmo cardíaco dele se acelera. A respiração também. Ela sorri para ele com o corpo todo, que parece brilhar ainda mais forte do que nos sonhos dele.

— Recebi uma visão — Shivnath diz a ela enquanto a pega nos braços. Kali apareceu para mim essa noite. Me disse que você era a verdadeira filha dela. Não da mesma forma que chamo sua mãe e as outras mulheres do Beco de filhas de Kali. Você é a encarnação dela na Terra. Você carrega a graça e o poder dela.

— *Eu?*
— Sim, você.
— A encarnação de Kali?
— Sim.
— Mas eu sou como todas as outras. Não me sinto diferente.

— Eu te escolhi — responde Shivnath. Isso já é um sinal. Por isso partiremos em peregrinação até Benares para que você seja consagrada.
— O que isso quer dizer?
— Quer dizer que você será tratada como uma deusa.
— Mas então eu não vou mais ficar com você?
— Claro que vai, você nunca vai me deixar. Sou seu protetor.

Chinti sorri aliviada. Depois pergunta maliciosamente:
— Se eu sou a filha de Kali, quer dizer que posso dar ordens?

Sem esperar a resposta, ela corre para todos os lados da casa dizendo aos empregados que devem obedecê-la porque ela é uma deusa. Exige comida, brinquedos, que eles façam mesuras, que a carreguem nas costas enquanto correm. Ela adota uma postura de rainha para caminhar. Os empregados riem, com um ar condescendente, mas Shivnath conhece toda a ironia contida nesse riso. Eles foram treinados para obedecer. Mas obedecer a uma criança pobre e certamente de uma casta inferior? Nunca.

Eles viram quando ela chegou vestida com a lama do Beco, que pode ser reconhecida de longe por causa do cheiro, da consistência, do acúmulo, da forma como toma conta do corpo. Ela foi lavada e vestida com esmero. Mas eles nunca vão se esquecer da lama. A que foi levada pela água do banho e a que permaneceu, invisível, impregnando a pele. Shivnath prometeu a eles um aumento. Eles entenderam. Eles vão ficar calados, ele sabe. Mas para construir o mito Chinti, ele vai precisar de mais. Ninguém deve desconfiar.

Ele ordenou que fossem compradas roupas suntuosas nas melhores lojas da cidade e joias de ouro, não bijuterias. Quando ela for apresentada diante das pessoas, deverá se parecer com uma deusa de verdade. Com seus grandes olhos negros, os cabelos ondulados, os traços perfeitos e o corpo fino, não vai ser difícil. Nada convence mais que a beleza. Rodeada de incensos, acompanhada pelos sinos e pelos cantos litúrgicos, a aura natural de Chinti vai se multiplicar. E ele estará ao lado dela para enganar a todos. A voz dele terá a entonação da verdade. Como sempre teve.

Com sua força de persuasão, Shivnath operou vários milagres. Esse será apenas mais um. O milagre Chinti. Uma vez que Chinti é o milagre dele.

Com uma empolgação mal disfarçada, ele vai colocar o plano em prática e, especialmente, garantir que a peregrinação seja confortável — não quer que sua pequena fique muito cansada com a viagem. E ele também não.

Grande aglomeração em frente ao templo de Shivnath. De longe, vemos dois carros de luxo cujos porta-malas abertos já estão cheios de bagagens. Empregados correm por toda parte, carregam pacotes, brigam para encontrar um lugar para eles. Curiosos se juntaram para assistir ao espetáculo. Os vendedores ambulantes aproveitam para vender refrigerantes, rosquinhas, bugigangas, *paan*, objetos religiosos e sorvetes mantidos em recipientes imundos.

Os fiéis se juntaram para seguir a peregrinação do *swami*. Apesar das trouxas que carregam na cabeça ou nos ombros, se apressam para comprar outras coisas que vão precisar no caminho. Os mendigos se metem no meio da multidão e enfiam a mão debaixo do nariz das pessoas. São afugentados grosseiramente, com as mãos e com os pés, mas isso não os impede de voltar à função, sobretudo as crianças, pequenos mosquitos esqueléticos vestidos apenas com a poeira do caminho, as vozes trêmulas irritando os nervos dos fiéis.

Veena pergunta a um curioso o que está se passando.

— O *swami* vai em peregrinação até Benares — ele responde. Vai ter uma cerimônia especial quando ele chegar lá.

— Que cerimônia?

O curioso abaixa a voz:

— Um empregado me disse que o *swami* trouxe para casa uma menininha que seria a reencarnação de Maha Kali. É por causa dela que ele vai realizar a grande prece à beira do Ganges.

Veena estremece. Essa raiva que a tristeza havia diminuído um pouco retorna em ondas e escurece seu rosto (dessa maneira, é ela que quase se assemelha à deusa que rege o templo). Foi isso que ele inventou, o desgraçado, para se aproveitar de sua filha? Torná-la a reencarnação de uma deusa? E ele será o quê? Seu adorador? Ou aquele que faz maldades em nome dela? Ou talvez o açougueiro que a empalará com sua lâmina?

Veena começa a abrir um caminho no meio da multidão para ver mais de perto a cara de porco de Shivnath. Ela pretende gritar bem alto o que ele fez, como ele roubou Chinti que não é nada além de uma menina do Beco e não a encarnação de Kali, e que tudo aquilo são apenas mentiras para que ele possa abusar da criança.

— Vamos ver — ela diz — se as pessoas não vão ficar contra ele!

Eu a sigo, inquieta por vê-la desaparecer no meio da multidão hostil.

Ao mesmo tempo, um murmúrio coletivo se eleva. Pelas portas esculpidas, escancaradas, do templo, em um frenesi de sinos, surgem silhuetas aureoladas. Shivnath, instantaneamente reconhecível por sua altura imponente e pelas roupas esvoaçantes, tão brancas que parecem refratar a luz, segura pela mão uma criatura deslumbrante. Vestida com longas saias ricamente bordadas com fios de ouro e um fino véu de gaza, coberta de joias, os olhos fortemente delineados com *kajal* preto, a boca artificialmente avermelhada, uma expressão ao mesmo tempo majestosa e maliciosa no rosto, a criança desliza ao lado de Shivnath e brilha, exatamente como as estátuas das deusas erguidas no templo. Se braços extras surgissem dos ombros e um terceiro olho se abrisse no lugar do *bindi* que ela usa na testa, não ficaríamos nem um pouco surpresos. O sorriso é misterioso; o olhar, divino. Um ser etéreo. Impossível.

Essa é... Chinti? — se pergunta Veena, atordoada, se agarrando em meu braço. É Chinti, essa maravilha? Minha filha, criada na imundice do Beco, com a cara na miséria, a boca esbravejante e o corpo descarnado? Impossível! Entretanto, é ela sim, o rosto dela, o olhar, a boca, e parece que ela assumiu perfeitamente o papel, contemplando aos seus pés a multidão maravilhada, o queixo elevado, o sorriso benevolente... Minha filha vestida como uma princesa, ao lado desse escroto do Shivnath que a segura pela mão como se ela já fosse dele, talvez já seja, mas não, ela não estaria tão serena, tão radiante, não, eu não posso acreditar. Mas por que transformá-la em uma encarnação de Kali? Por que levá-la a Benares para uma grande cerimônia? Por que apresentá-la para o mundo como uma criatura que deve ser adorada, a quem imploraremos por graças, enquanto eu sei bem o propósito dele: possuí-la completamente?

Veena é tomada por uma vertigem, tudo lhe escapa, já não tem controle sobre o curso das coisas, não tem outro recurso senão gritar, ali, agora, revelar tudo, gritar que Chinti é minha filha, filha de uma puta do beco, nada mais, nada menos, porque isso não quer dizer que ela não mereça crescer junto com a mãe, ser filha de uma puta não quer dizer que ela deva ser a criatura de um homem que zomba tanto dos deuses quanto dos homens, não, Chinti tem direito à vida e ninguém pode tirá-la de mim, eu, a mãe dela, ninguém!

Ela avança e vai começar a falar, mas eu a interrompo.

— Me solte, hijra! — berra Veena. Isso não é da sua conta!

— Você quer ser destruída pela multidão? — digo a ela. Ou fazer com que sua filha seja massacrada? Pois essas são as duas únicas opções. Eles vão te partir em pedaços por ousar insultar o santo deles. Ou então, é a ela que vão punir, por se fazer passar por uma deusa. Você decide.

Veena para. Ela sabe que tenho razão. Não deve se precipitar como uma louca. Precisa pensar, mas o calor, a impotência e o desamparo a dominam.

— Como ele consegue convencer todos eles de que ela é uma deusa? — ela pergunta. As pessoas não são mais tão ingênuas...

— É Chinti — eu digo. Ninguém consegue não acreditar nela. E além do mais, a palavra de Shivnath é aceita por todos. Eles estão dispostos a ir atrás dele, pois há tão poucas razões para ter esperança. Então, uma encarnação no meio de nós, hoje, para nos salvar de um mundo em decadência... Por que não?

— O que vamos fazer então? — ela pergunta.

O belo rosto dela está derretendo de suor. Ela enxuga rapidamente as lágrimas que não devem ser vistas.

— Nós vamos atrás deles. Até Benares se for preciso. Vamos pegar ela de volta.

E nós a contemplamos em silêncio, a silhueta iluminada de nossa filha que parece deslizar, como se estivesse em uma nuvem, descendo do templo sob os olhos da multidão mergulhada no silêncio, sob os olhos da multidão imóvel que nem se atreve a estender a mão em direção a ela com medo de perturbar essa imagem sagrada, a Maha Kali minúscula que desce como uma verdadeira divindade dos cumes da montanha, exibindo um sorriso secreto, o olhar não cruza o de ninguém, como se estivesse preso em uma visão distante, ninguém nunca desempenhou tão bem esse papel, mas talvez ela não esteja interpretando, Chinti, talvez seja muito jovem ou muito louca para acreditar nisso, para se imaginar como uma deusa e assim dissipar as dúvidas das pessoas? Que promessa melhor do que a de uma deusa nascida entre eles? E que melhor destino para ela do que acreditar-se eleita?

Ou então talvez ela seja realmente uma deusa, no fim das contas, o que eu sei sobre isso?

Assim, Chinti, deusa recém-nascida, e Shivnath, seu mestre e sacerdote, entram em uma bela Mercedes preta com bancos de couro brancos, o motorista arranca quase sem fazer barulho e eles percorrem lentamente a multidão que ondeia, ondula, entoa um grande canto de glória e, assim, com toda a luz e todos os ouros, eles partem e arrastam atrás de si uma cauda viva e vibrante de adoradores subjugados rumo ao rio sagrado que é a meta e o fim de todas as nossas jornadas de infortúnio.

É evidente que ele sabe como fazer as coisas. A encenação, a aparência, as roupas, a maquiagem, tudo foi feito para ter certeza que os fiéis acreditem sem pensar duas vezes e sem a menor dúvida do truque.

Veena treme tanto ao meu lado que percebo a vibração da pele e da carne dela. Ver a filha assim adornada, como uma boneca viva, não a faz pensar em nenhuma divindade, mas em uma prostituta de luxo, o topo de gama a que as mulheres do Beco às vezes aspiram em seus sonhos. Mas nunca para as próprias filhas, não, isso não, elas desejam outras coisas para as filhas, até mesmo Veena, estudos brilhantes, um bom trabalho, um salário mensal que permita comprar uma casa ou um carro e, acima de tudo, acima de qualquer coisa, um marido e filhos, uma vida saudável, uma vida normal. O destino das filhas de putas não é tão bonito: no melhor dos casos, as mais bonitas são contratadas em bares para dançar, às vezes elas são tão bonitas quanto as atrizes de Bollywood, mas muitas fazem fila em frente aos escritórios dos produtores, a maior parte não será nem mesmo recebida, então elas vão dançar nos bares e as notas de um dólar ou de cem rúpias vêm parar na cintura de suas saias. Elas podem ficar ricas assim, ricas, cansadas e velhas, e o dinheiro também vai embora rapidamente, em drogas, álcool e maquiagens cada vez mais pesadas, até que voltam para os incontáveis becos do país, com o amargo gosto da derrota na boca.

E tem também as outras, todas as outras... São os mais pobres que pagam por elas, os mais pobres que pegam e batem nelas, e é assim. A morte certa, que se espera amena. Sem acreditar de verdade que isso seja possível.

Mas Veena não quer isso para a filha. Chinti, ela decidiu, terá uma vida.

— Para onde vamos? — ela me pergunta.
— Para o Beco.
— Por quê? Temos que seguir a peregrinação!
— Não, precisamos juntar um exército.
— O quê? Que exército? Do que você está falando?
— O exército das mulheres do Beco e da Casa das hijras. Só nós duas não vamos conseguir pegar a Chinti de volta. Vamos todas juntas. Já arrumei um pretexto.

Veena sabe do que estou falando. Nenhuma peregrinação religiosa pode acontecer sem ser acompanhada pelo agrupamento da carne. Como eles farão, esses pobres homens devotos, durante todos esses dias, essas semanas, esses meses muitas vezes, para seguir o chamado divino, se não puderem satisfazer as pulsões sexuais? Como conseguir se concentrar na devoção, completar a purificação do próprio ser, consolidar essa ligação única e intangível que os une às divindades, se o corpo manifesta de forma cada vez mais forte, ruidosa e insolente os desejos contrariados? Imagine se o órgão sexual deles os trair durante uma prece, no meio de todos os peregrinos! Desde sempre, sexo e religião andam de mãos dadas, sem ofensa aos puritanos. Apenas o sexo masculino, é claro. O sexo feminino está presente apenas para oferecer um serviço: satisfazer os desejos. As esposas devotas não têm direito ao mesmo conforto (ou sozinhas, às vezes, escondidas pela noite e por seus sáris). Felizmente para elas, o corpo não entrega os pensamentos indecentes.

É assim que, desde sempre, as mulheres do Beco acompanham as grandes peregrinações. Para ajudar os fiéis a seguir no caminho da fé, oferecendo a eles uma válvula de escape antes da purificação. E dessa forma ganhar um pouco mais de dinheiro que o normal com uma clientela cativa: é a lógica econômica.

Veena observa a longa fila que avança atrás dos carros de luxo. Ao longo do trajeto, outras pessoas vão se juntar ao grupo, seduzidos pela notícia inédita (a reencarnação de Kali chegou a tempo de salvá-los da *Kaliyug*, a era do apocalipse!).

Vejo o amargor em seu rosto, sem contar a raiva, que nunca está muito longe.

— Até onde você está disposta a ir? — ela me pergunta.

— O que você quer dizer?

— Por Chinti? Até onde?

Eu nem preciso pensar antes de responder:

— Eu já disse: até a morte.

Surpresas, dividimos um riso involuntário: de ódio, de determinação, de conivência. Como uma força nascida, ardente, da exata profundidade da nossa desolação.

Somos umas vinte. Não exatamente um exército. Mulheres do Beco e hijras. A maioria vestiu suas cores mais gloriosas: poliéster, bijuterias, strass, avalanche de flores nos cabelos, como aves do paraíso de asas abertas e risadas noturnas no meio dessa multidão monótona. Mas, por enquanto, as pessoas estão preocupadas demais temendo a escassez — de comida, de água, de banheiros, de locais de descanso — para nos notar.

Não foi difícil convencer as mulheres. No início, foram conquistadas pelo frenesi da viagem e até mesmo pelo ímpeto de fé que arrasta tantas pessoas pelos caminhos. Elas foram seduzidas por esses corpos pressionados uns contra os outros. Os cheiros se entrelaçam em uma bela fraternidade, mas em breve elas serão tratadas como escória. As crianças, superexcitadas, quase se perdem a todo instante na multidão. As mães as agarram de volta com uma mão firme, prontas para um tapa, um puxão de cabelo ou de orelha. Marcando a procissão, grupos de homens e mulheres vestidos de cor de açafrão entoam preces, acompanhados por instrumentos, *dholaks* e *manjiras*. Alguns peregrinos dançam ao ritmo da música, tentando penetrar no transe negligente dos bem-aventurados.

Desde o templo ao qual eles agora dão as costas ao sair da cidade, os sinos soam sem parar. A imensa estátua de Kali, imóvel, observa aquele êxodo com o rosto sereno, apesar dos olhos esbugalhados e da língua escarlate zombando dos mortais. Atrás dela, os outros deuses, Shiva, Vishnu, Lakshmi e consortes, continuam a sorrir na mais perfeita indiferença. O templo não vai interromper as atividades por isso. O computador da estátua de Shivnath continuará a ressoar seu ruído, como uma caixa registradora. Os negócios devem continuar, mesmo na ausência de Shivnath. A máquina está bem ajustada.

Os carros já desapareceram. A multidão tentou segui-los, mas é muito lenta e logo se distanciou. Todos sabem a rota que será seguida por Shivnath, pois o caminho da peregrinação foi anunciado; seguirão, então, o rastro dele, debaixo de chuva, sol, vento e todas as intempéries anunciadas por pessoas de mau agouro. Acompanhando os peregrinos, um exército de comerciantes se desdobra, sempre pronto para aproveitar as oportunidades. Os vendedores de flores e frutas, é claro, para as oferendas diárias, mas também os vendedores de comidas, de bebidas, de roupas e de panelas, de aviamentos, de roupas usadas, os amoladores de facas, os escribas. É como uma pequena cidade se deslocando pelas estradas, como em todas as peregrinações, e Veena e as outras mulheres do Beco acompanham, como todos os outros anos, mesmo que estejam mais à vista que os outros e que todos saibam que não estão ali para rezar. Elas fazem parte do comércio.

Exceto que, dessa vez, elas têm um outro objetivo: dessa vez, elas são justiceiras.

Depois de alguns dias de caminhada, entretanto, as cores delas começam a desbotar. O cansaço e o humor da multidão pesam sobre elas. Elas se veem cercadas por corpos hostis, invasivos, paus que roçam nelas como por descuido, cusparadas de mulheres que miram suas saias ou seus rostos, murmúrios de insultos que as atingem, mesmo que ninguém ouse rejeitá-las completamente — sabe-se que Shivnath sempre protegeu as filhas de Kali e que elas são um entretenimento necessário. As barras bordadas das saias começam a pesar; a lama dos seres e da merda das vacas, dos cachorros, dos cabritos e dos homens; tudo aquilo que uma multidão de pessoas e de animais deixa no seu rastro, a vazante de uma maré lamacenta. Uma cidade em movimento esmaga, pisoteia, destrói, desintegra.

Em breve, todas estarão com uma aparência de estátuas de terra, com os olhos cansados e os dentes avermelhados de betel. Mas o que importa? Elas estão decididas a lutar. E a ganhar dinheiro, como sempre, nas costas da religião, da bela hipocrisia humana. Por uma vez, o trabalho delas faz com que sintam uma espécie de orgulho. Salvar Chinti e ganhar dinheiro? Por que teriam hesitado?

Em torno de Veena estão Gowri, Kavita, Fatima, Janice, Mary e as outras. Bholi não, é claro. Mas também estaria lá, Veena tem certeza, e agora ela se arrepende da inveja que sentia daquela que tinha amado Chinti e dado a ela as borboletas. A cafetina não sabe do plano delas. Sabe apenas que vão acompanhar a peregrinação como várias delas fazem todos os anos, levando os filhos na bagagem ou deixando-os na associação que tenta dar a eles uma aparência de estabilidade. Ela não toleraria que suas meninas se opusessem a um cliente importante como Shivnath.

Ao longo dos dias, o que Veena vê nos olhos dessas mulheres com as quais convive há tantos anos, as mesmas que tantas vezes enxergou como inimigas, é o amor que sentem por Chinti e que ela não consegue entender. Por que Chinti? Veena não entende, até que uma noite Janice fala com ela.

— Não precisamos gostar umas das outras — ela diz — mas Chinti é nosso único sonho.

— O que isso quer dizer? — Veena resmunga, irritada.

— Quer dizer que ela foi quem levou o riso de volta para o Beco. A gente sabe bem que para nós aquilo ali é o fim da linha, não tem mais nada. Mas o Beco mudou de cara desde que ela chegou. Ela nos devolveu uma alegria que a gente tinha perdido. Que tinha sido roubada de nós.

Veena permanece em silêncio. Ela se pergunta se aquela criança que saiu de seu corpo em uma noite de maré negra, no meio da floresta, poderia estar destinada a algo além da sina que foi imposta a ela: acabar nas mãos de uma cafetina e de milhares de homens.

Naquela noite, as mulheres se reuniram em torno de um pequeno fogareiro no qual cozinham o dhal e os *chapatis*. Em torno delas, outros acampamentos parecidos. Vozes que elevam e se acalmam, choros de crianças, gritos de mulheres, risos de homens, lamentos de velhos, ladainhas de mendigos, uma sinfonia humana com suas harmonias e dissonâncias. Veena sente queimarem os pés castigados pelas pedras através das sandálias finas e o cansaço nas panturrilhas. Sentada, com os joelhos bem afastados, a saia pendurada entre as coxas, ela só pensa em Chinti que se afasta dentro do carro, lá, ao lado de Shivnath. A mão de proprietário dele sobre a cabeça da criança. A filha dela. Ele não tem esse direito, ela pensa. Aquele porco vai pagar. As meninas vão me ajudar. E as hijras também.

Aqui e ali, surgem cânticos, palmas. Em outros lugares, gritos de bêbados tomados por uma raiva súbita. Não muito longe, uma mulher canta uma canção de ninar melancólica, com seu bebê nos braços. Os cachorros latem ou rosnam, as cabras vêm procurar os restos de comida espalhados. No céu, as estrelas mudam de posição, mas ninguém olha para elas. O que importam essas luzes distantes se a terra é um verdadeiro calvário? O céu existe apenas para receber as preces vãs. O céu é a gigantesca orelha das divindades, nada mais. Elas enviarão chuvas benéficas ou devastadoras, secas que beberão o sangue dos vivos, furacões e tufões, e talvez alguns dias de graça em que o ar será fresco e o sol ameno. Viver, viver, hoje, e então amanhã, e talvez mais um dia. Isso é tudo que podem esperar. Depois... Tudo é incerteza.

Um homem sai da sombra e faz um gesto com o queixo em direção a Janice. Ela balança a cabeça e se levanta. Ele é pobre, mas tem algumas notas amassadas no bolso para pagar por alguns minutos, protegido pelos arbustos, em meio à poeira e aos odores, alguns minutos na buceta de uma mulher, enquanto a mulher dele talvez esteja dormindo, não muito longe. Mas ele não deseja a mulher dele, a imobilidade daquele corpo que só espera que ele termine. Não, ele quer uma carne macia e maleável, com uma umidade acolhedora, uma voz profunda que multiplicará o desejo dele, palavras grosseiras vindas de lábios salivantes, tudo aquilo que é proibido e que transforma essa cópula em uma espécie de êxtase imundo, é isso que ele quer agora, nada mais. Uma aparência de êxtase, um instante de abandono. Janice vai ofertar tudo isso a ele, sem sentir nada, nada além de um desprezo entediado.

Ela volta depois de dez minutos, nem mesmo cansada, apenas irritada por perceber a lama colada nos cabelos e nas roupas, que ela limpa enquanto murmura que deveria ter levado pelo menos uma esteira. O dinheiro está bem guardado dentro da roupa.

Isso continua a noite inteira: um desfile de homens de todas as idades, incluindo os aleijados e os velhos que há pouco se queixavam de dores nos ossos, chegam, fazem aquele mesmo gesto familiar com o queixo, ou lançam uma palavra breve, *aaja*, venha, e uma mulher se levanta e depois outra e logo eles têm que ir mais longe para encontrar um canto mais ou menos isolado. Ao redor do pequeno acampamento das mulheres, o comércio continua a todo vapor até as primeiras horas do dia. A agitação não impede as outras de dormir.

As mulheres honestas que seguem a peregrinação podem finalmente descansar em paz, sem medo dos homens. Eles respeitam a trégua, pelo menos isso, e por essa razão precisam tanto das putas: tê-las à disposição permitirá que resistam aos próprios desejos e retomem a jornada pela manhã, sem se preocupar com o cansaço que castiga a lombar das mulheres que trabalharam a noite toda e que também terão que caminhar.

Andar debaixo do sol, sobre as ossadas de uma terra que não se cansa de morrer, as ravinas e as encostas, os arrozais e as figueiras, tudo igualmente coberto de poeira, tudo prometendo uma colheita raquítica e escassa, como se o trabalho dos homens, desde o arado e a semeadura até a colheita, não merecesse nada além disso. Caminhar enquanto veem se desenrolar paisagens que anunciam dias ruins, que anunciam o imenso ódio que esse país nutre pelos homens.

Os cânticos continuam a surgir com uma energia furiosa, que contradiz a fraqueza dos corpos. Caminhar, cantar, rezar. E de tempos em tempos ir à beira da estrada fazer as necessidades. O pisoteio constante cria uma espécie de lama fétida pela qual escorregam aqueles que seguem a peregrinação. Algumas mulheres param perto de um rio para lavar rapidamente uma roupa, mesmo que geralmente saiam mais sujas do que antes. As crianças também passam por uma higiene básica antes de serem reassentadas, as mais novas em um quadril acostumado ao peso delas, onde logo adormecerão. As mais velhas correm ao lado dos adultos, como uma matilha alegre e barulhenta, logo faminta. Acostumados ao estômago vazio, contentam-se com frutas colhidas aqui e ali, legumes arrancados de um campo mal vigiado ou até mesmo um pássaro morto com uma pedrada e que será assado escondido.

As mulheres do Beco mantém uma certa distância. Não querem ser insultadas, enxovalhadas ou desavergonhadamente cobiçadas. O cansaço da noite as alcança e elas dormem em pé, enquanto andam, os olhos vidrados, a boca entreaberta. Os cânticos chegam até elas como um sussurro distante, as palavras se deformam, tornam-se turbulentas e absurdas: *Oh Deusa devoradora, deusa de todas as armas, de todas as lágrimas, abra bem nossos corpos para devorar nossas entranhas...* Ao despertarem, se perguntam se sonharam com essas palavras cruéis ou se, em algum lugar, devotos realmente pedem a Kali que os devore.

De tempos em tempos, elas cruzam com *sadhus*[13] esqueléticos, vestidos apenas com um pedaço de pano em volta da cintura, sujos de cinzas e com *dreadlocks* cor de ferrugem. Eles provocam os peregrinos que, segundo eles, são muito gordos. Parem de comer! — eles gritam. Parem de se curvar às exigências desse corpo tirânico! Não é assim que vocês alcançarão a bênção divina! É através do sacrifício, da abstinência e do ascetismo que vocês alcançarão o nirvana! Abandonem essa vida material cheia de pecados!

E saltitam em um pé, depois em outro, em uma dança grotesca, parando de tempos em tempos para fumar o ganja que proporciona a eles visões sublimes do outro mundo.

Gowri acha engraçado vê-los agitados dessa forma.

— Ainda bem que ninguém lhes dá atenção — ela diz. Cuidado com as garras deles!

Quanto mais Veena avança, mais seu ódio por essas pessoas convencidas da própria fé e moralidade cresce. O desprezo que rodeia as mulheres do Beco é um caixão dentro do qual foram trancadas antes mesmo de morrer. Corpos de mulher, corpos possuídos e despossuídos desde o nascimento. Poeira e nada. Para que o esforço de deslizar para fora do corpo da mãe? A falsidade ao redor quase a sufoca. Então ela se irrita com suas companheiras, mesmo sabendo que a presença delas ali é um ato de devoção à sua filha. Algumas sem dúvidas preferiam estar no Beco, onde estariam seguras e dormiriam com um pouco mais de conforto. Outras não a culpam, pois continuam ganhando dinheiro. Isso não impede que a empurrem quando ela passa dos limites ou que receba uma bofetada quando sua boca cospe insultos.

A presença das hijras intriga os peregrinos. Nossos rituais, nossa deusa, Bahuchara Mata, nossa própria peregrinação, eles não entendem nada disso e não ousam fazer perguntas. Incomodados com tudo aquilo que acham intrigante em nós, o medo e a raiva se misturam dentro deles. Alguns pedem nossa bênção, outros nos ignoram, outros nos insultam. Não ousam nos atacar, não aqui, não no meio da multidão. Pelo menos ainda não.

Então, permanecemos juntas, acompanhando as prostitutas sem nos misturar. Nos penteados, nos vestimos e nos maquiamos discretamente; cada uma é uma fortaleza para a outra. Nossa aura parece para alguns um poder sombrio, outros a veem como uma barreira insuportável.

Mas não sabemos quanto tempo vai durar esse respeito, antes que a natureza selvagem dos homens tome conta.

Durante quase toda a viagem, Chinti cochila. Os pensamentos dela vagam nesse entre-lugar onde está suspensa. Certamente, está fascinada pelas paisagens que passam rapidamente, pelas cidades que atravessa, pelas pessoas que avista fugazmente antes de serem abandonadas ao esquecimento. Mas o cansaço e o tédio dessa imobilidade forçada acabam por dominá-la, e ela adormece, encolhida no banco enorme, nos braços acolhedores e macios de Shivnath, com seu cheiro de algodão fresco.

As mudanças que aconteceram na vida dela são imensas, mas parecem óbvias para seu espírito de criança. Depois da miséria dos primeiros anos, dos ataques de raiva de Veena, as alegrias roubadas entre duas tristezas, Shivnath apareceu. A mão estendida, a bondade, a riqueza, tudo pareceu a ela muito simples, como a consequência natural de suas expectativas. Por que tentar entender tudo o que tem acontecido com ela? Em sua mente permanece intacta essa capacidade de acolher a magia das coisas, as transformações maravilhosas, as reviravoltas inesperadas da existência. É uma capacidade de todas as crianças.

Além disso, e ela não teve sempre essa sensação de ser uma criatura diferente das mulheres do entorno, uma formiga que se esgueirava entre as paredes, ou uma borboleta dançando com véus cor-de-rosa, protegida da miséria? Tornar-se uma deusa, como Shivnath prometeu a ela, parece apenas mais uma etapa em sua metamorfose. É agora que ela descobrirá sua verdadeira vida. Todo o resto foi apenas um prelúdio, talvez até mesmo uma lição de sofrimento para ter mais direito à felicidade.

Nos espelhos, antes de partir, ela se viu enfeitada, florida como uma deusa. Nos espelhos, estava coberta de estranheza. Era uma outra que olhava para ela do reflexo. Ela virou o rosto em direção à janela, queixo erguido, e um eflúvio de luz acariciou sua testa. A boca ensaiou um sorriso, o pulso fez tilintarem as pulseiras, o tornozelo enviou de volta o eco. Então, nos espelhos, o reflexo de Chinti esboçou uma dança rodeada de bruma.

Foi o próprio Shivnath que a vestiu. Ele a ajudou a colocar a saia e o *choli*, dobrou e ajustou o véu, escolheu as joias, penteou os cabelos e maquiou o rosto com uma atenção de mãe. A língua molhava os lábios durante essa concentração extrema. Ele estava ofegante, os olhos um pouco nublados. Algumas gotas de suor brilhavam em cima dos lábios e na testa. As mãos dele se demoravam nos ombros de Chinti, nos braços e na cintura. Ajoelhado diante dela, aproximou o rosto do pescoço da menina e inspirou profundamente, como para guardar dentro dele o cheiro de criança dela.

Ela nunca tinha recebido tanto amor. Nem mesmo de Sadhana, que guardava o melhor do amor para Réhane. Então, para ela que nunca teve pai, nenhuma presença masculina em sua vida além daquelas que via pela fenda e que não tinham nada de paternal ou mesmo de humano, ser objeto de tamanha devoção é algo maravilhoso. Ela sabe que Shivnath não vai abandoná-la, não vai trocá-la por outra criança.

Não haverá outra deusa perto dela.

Ela levanta a mão e toca o rosto dele. A pele é rugosa, a barba por fazer pinica os dedos. Nada a ver com a pele de uma mulher. Ela olha para aquele rosto que a contempla com tanta ternura e à sua alegria se mistura um incômodo que ela se esforça para ignorar.

Uma lágrima rola dos olhos de Shivnath. Ele beija a palma da mão dela. Aquilo era um pacto.

Agora ela cochila, tranquila, inconsciente. Dos lábios escapa um pequeno assobio molhado de saliva que faz o homem estremecer. O corpo dela não pesa quase nada encostado ao dele, mas na verdade é tão pesado, pesado com tantas promessas, que ele fica sem fôlego.

Eles vão em direção a um futuro que nenhum dos dois enxerga com clareza: ela por falta de experiência, ele por ter perdido a razão desde que a viu. Nenhum dos dois pensa no instante seguinte. Aqui, agora, sentem uma falsa paz, uma felicidade transitória roubada do mundo.

Não fazem ideia da tempestade que os persegue. Pois as mulheres do Beco e as hijras estão atrás deles. Elas vêm com as asas abertas e os olhos flamejantes. Mas mesmo que soubesse, Shivnath não sentiria nenhum temor. Ele está coberto pela santidade. Ela é a armadura dele. A menina em seus braços em breve será uma deusa. Então, quem poderá se opor a eles?

A luz que passa por ela ilumina os outros. A ilusão é perfeita. Mas será apenas uma ilusão? Seria a divindade um estado que o homem poderia assumir? No fim das contas, basta ter a aparência, nesse país onde atores e políticos são tão facilmente divinizados. Então é possível adquiri-la, não se nasce divino, independente do que dizem os livros sagrados. Shivnath sabe como os seres desse país devastado precisam se agarrar a todas as cordas de salvação. Cada pedrinha tem seu deus, ele ri, e eu sou o deus das pedrinhas e dos homens!

Aconchegado no banco confortável, ouvindo o ronronar do motor potente da Mercedes e a respiração de Chinti, ele não consegue parar de rir.

Dentro desse casulo refrigerado, ele se sente próximo ao paraíso. A realização de todos os seus desejos, um estado de bem-aventurança quase perfeito, no qual só falta... Ele contempla o corpinho encolhido. Ah sim, mais uma coisa... Só isso, e ele se sentirá pleno.

Do lado de fora, atrás dos vidros escuros que o protegem do sol, segue a longa fila de seres esqueléticos, necessitados, desprovidos de tudo, exceto da força para implorar, repetidamente, aos poderosos pela salvação. Com suas feridas e aflições, suas esperanças ilusórias, tolos e ingênuos, incapazes de raciocinar — o que mais eles merecem?

— Continuem, continuem — ele diz. Vocês só são bons nisso.

Uma alegria estranha, quase louca, toma conta dele, enquanto tira da caixa térmica um chocolate belga recheado de creme de leite e o leva aos lábios. Depois será a vez do uísque. Em breve, vai oferecer a Chinti um sorvete Häagen-Dazs. Escolhido cuidadosamente por ele. Quando experimentar o caramelo e os *cookies* de praliné, ela ficará surpresa com essa sensação desconhecida que inunda a boca. Os lábios vão ficar brancos de creme e ela colocará a língua para fora para lambê-los e não perder nem um pouco desse gosto magnífico. Se pudesse, ele mesmo lamberia aqueles lábios macios; mas ele sabe ser paciente e a espera torna tudo ainda mais doce. Outros sorvetes virão depois, de morango, cereja, várias frutas que a menina desconhece. Ela vai se deleitar com todos esses sabores, ele sabe, ele sente: isso o deixa atordoado.

Magnífica espera em uma carruagem dourada.

Depois de alguns dias, o cansaço do caminho nos invade como uma inundação. O pé titubeia, tropeça no ramo de um arbusto ou em uma raiz, a panturrilha é tomada por uma cãibra e lá está o corpo no chão, os ossos amolecidos, a cabeça vazia. Ninguém acha que vai falhar, pois o progresso é muito lento. Mas todos caem em algum momento. O mundo chacoalha. O céu se torna vertical. A vertigem é total.

Eu desmorono e alguém me levanta. Eu sussurro o nome de Réhane, mas não é ela. Eu a deixei. Escolhi salvar Chinti. Tive medo de que ela não me perdoasse. De que ela me dissesse que não sobreviveria por todo esse tempo. Mas ela segurou minha mão e disse "vá". Então eu parti. Algo dentro de mim, no entanto, se desequilibrou. A escolha era muito difícil. Salvar Chinti. Acompanhar Réhane em seus últimos momentos. Sobreviver, talvez, a ambos. Ou morrer por falhar em ambos.

Recordo o rosto pálido de Réhane, os olhos que não conseguiam me encarar, a boca trêmula, cruelmente rachada de tão seca, os braços como gravetos quebradiços, a barriga inchada escondida debaixo das saias. Sei exatamente como a dor a destrói e o que ela esconde por trás daquele sorriso valente. Passei noites inteiras cuidando dela, cantarolando canções de amor em seu ouvido, conversando com ela sobre o futuro, enchendo-a de infinitos. Tudo o que estava ao meu alcance para preservá-la, eu fiz. Mas sei que meus poderes são limitados.

E eu parti. Porque Chinti ainda não viveu. Ela tem direito a outro caminho. Uma chance, uma possibilidade; isso é tudo que eu peço para essa criança. Não aceito que ela, assim como a mãe, como todas nós, seja também privada de escolha, condenada à mesma prisão. Ainda preciso acreditar que existe no homem uma fonte de bondade que pode recair sobre ela, embora sempre tenha sido persuadida de que essa era a maior mentira já contada. Quero acreditar que meu país não é aquele que sempre destrói os mais fracos. Cavarei essa terra imutável com minhas próprias unhas, roerei com meus dentes as barreiras ancestrais, destruirei a máscara dos poderosos para dar a Chinti essa chance, essa possibilidade.

Mas agora não sei mais se fiz bem em partir. Chinti desapareceu no carro luxuoso, a estrada está devorando meus pés e os olhares sobre nós são como dardos envenenados. Estou cansada como nunca estive. As outras hijras me observam com preocupação. Tenho a impressão de estar afundando, mas elas me apoiam, me colocam de pé. A força das hijras está ali, ao meu redor.

Não há nada parecido em nenhum outro lugar, em nossas famílias ou em nossa sociedade. Essa vontade que nos impele a encontrar o nosso verdadeiro sexo, a ternura que nos é tão característica, que vai muito além de todos os tipos de amor e essa solidariedade poderosa que nos une é o que nos mantém vivas.

É só porque elas estão ao meu lado que consigo seguir nesse caminho que me leva para tão longe de Réhane.

Para consolar minha tristeza, minha fraqueza, elas começam a cantar minha música preferida: *Jhumka gira re... Bareli ki bazar me...*

Então, como todas as vezes que a escuto, começo a dançar. Dessa vez, meus gestos são lentos, quase sem ritmo, como se apenas tocassem o ar bem de leve, e elas adaptam a música aos meus movimentos. A voz delas é suave, apenas sussurram as palavras, transformando a melodia em um convite sensual que faz ondular o meu corpo. Olhos fechados, cabelos desalinhados, a música vibra em meu sangue e minha boca se abre para retomar as palavras, "meu brinco caiu, meu brinco, meu brinco, quem vai pegá-lo de volta? Quem é você, você que espera para perfurar a minha carne? Ah, meu brinco, meu brinco se perdeu..."

Vou para bem longe de mim e dos outros. O ar e a estrada se confundem em meu corpo. Escuto o chamado desse caminho que não promete nada, mas que conduz meus pés. Não importa onde eu for, vou voltar, digo a Réhane.

Alguns peregrinos, ao nos ouvir cantar, batem palmas e sorriem para nós. A maioria deles nos lançam olhares desconfiados ou raivosos. Crianças nos lançam pedras e cusparadas. Os homens tentam adivinhar o que há debaixo de nossas saias. Imaginam um corpo mutilado, que poderiam devastar um pouco mais, um corpo estranho, nem homem, nem exatamente mulher, que gostariam de explorar e destruir. Esse terceiro sexo que ninguém aqui entende, que não é a ausência de alguma coisa, mas a ampliação do que somos ao nascer, do que somos desde sempre. O que eles não sabem é que, ao retirar uma parte de nosso corpo, nos tornamos mais que nós mesmas.

No meio da multidão há um homem que me observa com mais atenção; uma espécie de avidez. Ele se afasta dos companheiros para nos seguir de mais perto. Ele se parece com todos os homens à nossa volta: não me dou conta de que ele está me seguindo. Naquela noite, um homem decidiu ultrapassar a barreira erguida entre nós e eles.

Se não estivesse tão exausta, teria me protegido melhor. Não teria me esquecido que aqui também estamos em terreno inimigo. Não teria me isolado para pensar em Réhane. Não teria baixado a guarda.

Andar, continuar andando enquanto as paisagens mudam, tornam-se mais rugosas e áridas, extensões de terras amareladas que já foram campos verdes, mas que, por falta de chuva, não passam de rochas e fendas onde o gado esquelético tenta encontrar o que comer, algo mais vivo do que eles próprios. Apenas cabras, ratos e corvos continuam a prosperar. Eles podem devorar tudo, até restos humanos, até dejetos humanos.

As peregrinações nunca nos conduziram a nada além de nós mesmos — um eu ferido, atormentado por visões que dançam fora do nosso alcance, por nossos sonhos distorcidos. As peregrinações expõem nossos fracassos, nossas miragens. São a eterna marcha desse nada que nos reivindica, nos suga, nos afoga: a morte para a qual todos caminham, nada mais. Nenhuma promessa de felicidade enquanto nossos pés cavam nossa própria sepultura.

Algumas acácias e tamargueiras resistem nas curvas da estrada, lá onde montinhos de terra acumulados pela passagem de caminhões e ônibus oferecem algo parecido com uma sombra. Mas logo são arrancadas, desmanteladas pelos animais que brigam e se machucam por esse alimento escasso. Os vencidos se afastam, as costas encurvadas, longos traços de sangue em seus corpos raquíticos. Os vencidos chiam, tontos de fome e de cansaço. Um pouco como os homens extenuados agora pela longa caminhada, muito rapidamente esvaziados do fervor que os sustentava no início.

Onde você está Chinti? — se pergunta Veena. A paisagem do entorno faz lembrar o nascimento dessa criança indesejada, num terreno baldio atrás de uma aldeia onde as mulheres olhavam para ela com hostilidade e os homens com aqueles olhos grosseiros e pesados, reconhecíveis de longe. Apenas uma velha desconhecida (ela ainda se lembra dos longos cabelos brancos soltos e dos olhos pálidos, seria uma bruxa de passagem?) veio ajudá-la. Os dedos de Veena arrancavam ervas daninhas e as enfiavam na boca para não gritar e atrair qualquer carnívoro de passagem, animal ou homem. Ela estava parindo a criança e a raiva de não ter sido capaz de se proteger da semente dos homens. Paria também a vergonha impressa na pele das mulheres, vergonha de ser, vergonha desse corpo que todos desejam, vergonha de não poder se defender e devolver a eles o que merecem.

Naquela longa noite em que as nuvens não se mexiam, em que a lua permanecia imóvel acima como um olho curioso, um pedacinho de gente escorregou por entre suas pernas. Um breve pedaço de carne, quase frágil demais para ser a origem de tanto esforço, tanto cansaço, tanto desgaste e tanta ameaça. O sentimento que então tomou conta de Veena foi de que essa coisa realmente não valia a pena. Ela a empurrou com os pés, afastou o corpo da filha que para ela não era uma filha, mas um fardo, os chifres do boi dos quais falava seu pai antigamente para descrever as coisas pesadas demais. Entre a mãe e a filha nenhuma ligação se formou naquele momento.

Ela levou muito tempo para se tornar mãe. Pensava que conseguiria evitar essa armadilha. Esse excesso de amor que faz sofrer pelo outro mais do que por si mesma. Esse amor que multiplica as tristezas. Mas não conseguiu: Chinti, como todas as formigas, soube se infiltrar, encontrar um lugar quentinho no coração dela e abrir essa porta que ela tanto temia.

O milagre é que ela não se arrepende da dor.

Com o rosto imóvel, concentrado, ela não ouve o ritmo dos próprios passos. Está perdida dentro de si mesma, procurando, cavando, explorando esse sentimento materno que surgiu tão inesperadamente. Sobreviver não deixa tempo algum para se preocupar com o amor. Sobreviver é uma batalha em que todas as presenças são inimigas. A amizade, o afeto, o amor, tudo isso nos torna porosas, frágeis. Então a gente fecha a porta, tranca, coloca um cadeado. E essa criança da nossa própria carne, a gente a mantém distante para que não seja mais uma lâmina para nos perfurar quando a gente menos espera. Essa criança da sua carne não é você, não lhe pertence: uma vez nascida, ela seguirá o próprio caminho. Tentar salvá--la é afundar-se, é permitir que você seja parasitada quando, pelo contrário, deveria ser forte para a única que importa: você mesma.

Isso é sobreviver.

Mas então foi isso: ela se traiu. Cedeu à tentação do amor.

Porém ela sabe que Chinti pode ser qualquer coisa, menos uma traição.

Então ela também titubeia. O pé se prende em uma raiz. Uma mão está ali para ampará-la. Ela se desprende instintivamente. Sempre recusou qualquer ajuda. Janice sorri, pois sabe que Veena sempre será assim: uma ferida que não aceita nenhum alívio. Mas então Veena se vira em direção a ela.

— Eu nunca soube dizer obrigada — ela sussurra.

Janice fica estupefata. Algo na curvatura dos ombros de Veena, na postura dela, diz que aquele coração não está tão fechado como antes.

Ao redor dela, as músicas recomeçam, assim como os cânticos e as danças de adoração. Um garotinho enfia uma vara de bambu, alta e flexível, no chão e sobe nela, como um ágil macaco. Quando chega no alto, levanta os dois braços, segurando-se apenas pelas pernas. Então ele se balança de cabeça para baixo, com um sorriso estampado no rosto. Os espectadores aplaudem.

Uma garotinha anda sobre as mãos, segurando com os pés um pote de barro cheio de água. Como uma breve poesia, uma *chameli*, uma flor de jasmim-manga aberta, leitosa e aromática, flutua lá dentro. A garotinha anda de cabeça para baixo e nenhuma gota cai. Quando para, ela se mantém sobre a mão direita, levanta a esquerda, pega o jarro e volta a ficar de pé, sobre as pernas, em um salto que nem balança o pote. Ela segura uma tigela para receber algumas moedas, mas as pessoas desviam e retomam a caminhada. Ela então recomeça para os próximos caminhantes, esperando ganhar alguma coisa. Mas quando ousa puxar uma mulher pela barra do sári, a mulher a empurra com violência: não me toque, *churail!* — ela grita.

Churail, bruxa. É claro. É assim que aquela mulher vê a menina, que certamente não tem mais que oito anos.

De uma mulher para a outra, é transferido tanto ódio e tanta raiva, pensa Veena. Esse mundo não é para mim. O que me resta além dessa jornada que me leva mais longe do que jamais imaginei?

Ela recomeça a andar, a mente enevoada. O mundo se resume a ela e à filha. Nada mais importa, nem os peregrinos impregnados pelas próprias crenças, nem as mulheres do Beco, nem as hijras. Todos sonham com algo que não existe. Como é possível continuar a crer quando tudo contradiz qualquer esperança? Mas eles persistem, constroem castelos, nessa vida ou em outra é a fé que os guia. A esperança é uma jangada à deriva e todos se agarram a ela, apesar do naufrágio iminente.

Os homens serão absolvidos dos pecados no momento da prece, com a cabeça cheia de incenso e cordões sagrados envolvendo os pulsos ou o peito. Eles vão se prostrar sussurrando as orações aprendidas desde a infância, vão mergulhar nas águas do Ganges e sentir a lama dos pecados saindo pela pele, vão entregar ao rio toda devassidão, até que as águas se tornem negras. Sairão de lá como recém-nascidos, com a pele lisa e saudável, prontos para saborear novamente os prazeres, começando pela carne das mulheres.

Na Índia como em outros lugares, os homens têm direito a renascimentos consecutivos.

Mas as mulheres não, pelo menos não mulheres como Veena, condenadas a uma só vida desde o nascimento. Nenhuma possibilidade de redenção. A pele delas não pode ser lavada, mesmo depois de um mergulho no Ganges. Nenhuma delas alimenta a esperança de uma vida melhor: os dados, marcados desde o início, já foram lançados.

Caminhar e caminhar mais, enquanto a maré humana aumenta e a terra pisoteada se torna pesada com os gritos, o sangue, os crimes. É assim.

E então Veena caminha. Ela deixa escorrer o sangue menstrual pelas pernas. O caminho é tão lamacento que os rastros não serão vistos e sua saia está suja demais para que as manchas escuras sejam reconhecidas. Ela ri ao olhar para trás e ver os pés dos homens afundando no sangue que sai de seu ventre, consciente de que se eles soubessem onde estavam colocando os pés, gritariam como galinhas no cio, iriam se lavar para se livrar dessa poluição feminina e pediriam ajuda aos sacerdotes que acompanham a peregrinação.

Chafurdem bastante na minha secreção, nisso que deixo para vocês do meu corpo. Essa é a minha escolha.

A lua nasceu. Ela clareia uma terra enevoada, melancólica, como que despojada da aridez habitual. A noite, a brisa, a luz, me parece que uma janela se abriu. Venha, ela me diz, afaste-se de você, esqueça por um instante tudo que te deprime e te põe pra baixo e te abate; seja apenas, nada mais.

Sadhana: realização. É o significado do nome que escolhi, o mesmo de uma atriz de orelhas furadas.

Os brincos... O mercado de Bareli... Meu belo amor viria furar minhas orelhas? Os tornozelos tilintantes... Os quadris requebrantes... Caminho em direção à lua e digo a mim mesma que minha vida é sagrada. Eu fui um garotinho tímido, me tornei uma mulher inteira e forte. Eu me tornei eu.

A noite me chama e eu respondo. Réhane é minha luz noturna. Minha estrela da sorte. Réhane e a noite me chamam e me dizem que o que importa é a minha dança.

As estrelas também começaram a dançar. Um espetáculo que ninguém percebe, com o olhar perdido entre os destroços, os escombros.

Caminho ao longo do trajeto explorando um percurso ainda não percorrido pelos peregrinos e por onde as ervas ainda estão vivas. Nossa marcha ainda não massacrou tudo pelo caminho. Mas amanhã, isso já terá acontecido. Amanhã, a fé deles terá esmagado impiedosamente esse minúsculo pedaço de terra, ínfimo milagre de porvir.

Permaneço de pé sobre uma faixa de grama, tocando com os dedos algumas flores selvagens que resistiram à seca. O peso do dia recai sobre meus ombros. Penso em Chinti e me pergunto se a encontraremos algum dia. Será que arrastei Veena e minhas irmãs para uma corrida louca, impulsionada pela urgência de minha revolta? E quando eu voltar, será que Réhane ainda estará viva? Estou à beira do abismo que margeamos ao longo de toda nossa vida. Faltam apenas alguns passos para despencar nele.

Uma mão toca meu ombro.

Um homem se aproximou de mim. Com o olhar perdido na noite e nas estrelas cadentes, não o vi. Foi a sombra dele que apareceu para mim, não era maior do que eu, mas era vasta por sua potência, por seu desejo, vasta porque ele é homem e nesse país, nesse mundo, o homem é maior, bem maior. A sombra dele oprime e aniquila tudo. Apesar disso, a vi apenas quando já era tarde demais, quando os braços dele já estavam em volta do meu corpo.

Era um braço magro, mas musculoso, como daqueles que trabalham em linha de produção, de agricultores, operários, vendedores ambulantes, magros, mas bem fortes. Mesmo sendo alta, sou magra como uma mulher.

Olho ao redor de mim e não vejo mais ninguém. Os acampamentos estão distantes. As mulheres do Beco estão nos cantos para onde levam os clientes. Minhas irmãs hijras sem dúvida já estão dormindo. Somos apenas eu, o homem e a lua. E o abismo, que me espera, paciente.

— Vem aqui, minha linda — ele diz.

Não posso reagir, choque no coração e no estômago. Ele me aperta contra seu corpo rígido. Uma mão aperta meu peito. A boca dele no meu pescoço tem um cheiro azedo de tabaco. Ele apalpa um seio dentro do meu sutiã acolchoado, a outra mão vai descendo.

Em direção ao lugar da ausência.

— Eu quero saber — ele diz.

Ele me sacode, me invade, me joga no chão. Ele levanta minha saia e descobre o que é uma hijra.

É um estupro do segredo. Da antiga dor, da deformação dissimulada, daquilo que nos sustenta, nos define e nos torna divindades monstruosas e ardentes. É o lugar das brasas e dos estilhaços, da ruptura e do renascimento.

É onde minha carne profanada recusou a realidade da lâmina torcendo-se e retorcendo-se, opondo-se a uma cicatrização suave. A ferida, uma serpente esbranquiçada, termina com uma minúscula boca aberta. Nunca nos olhamos completamente nuas no espelho para não negar a harmonia de nossas formas. Sempre em nossos sonhos, a lâmina aparece e nos lembra de nossa origem. Nunca nos livraremos dessa ferida; nunca estaremos livres dela. Nós a carregamos, entretanto, com graça e orgulho, nossa criança desmedida.

Ele levantou meu sári. Tomado por um desejo obscuro e por uma vontade de violência, ele queria ver, queria estar chocado, se saciar. Eu sou ao mesmo tempo um objeto de tentação e de vingança.

Quando passou a mão em minha cicatriz, provocou em mim o mesmo efeito da lâmina. A mesma fissura, a mesma queimadura. A mesma separação definitiva de mim mesma. Me vi, então, através do olhar frio da rejeição. Vi a aberração que sou. Um ser que não deveria ter sido.

Ele me virou com o rosto para a terra.

Ele era pesado, pesado demais para ser apenas seu corpo: era o peso da raiva dele que me sufocava, o peso de tudo que nos constrange, o peso da infâmia. Parei de respirar, acolhendo quase com alívio o fim anunciado desde a minha infância.

Com o rosto agora enfiado na terra, as narinas tapadas pela poeira de tudo aquilo que viveu ali, de tudo aquilo que morreu ali, eu me abandonei, confesso, eu, a guerreira. Esqueci minhas promessas. Me resignei.

Depois disso, pensei, só me resta morrer. Eu aceito.

Então, de repente, ele me pareceu mais leve: o peso do mundo desapareceu.

Quando me virei, vi que ele estava caído no chão em uma poça negra que só poderia ser o sangue dele.

De pé acima dele, como uma deusa assassina, Veena o contemplava, imóvel. O rosto dela, argila petrificada. Ela segurava firmemente uma garrafa de vidro quebrada que havia cortado a palma de sua mão.

Ela viu o homem me seguir. Logo entendeu. Sempre soube ler as intenções dos homens nos menores gestos, em cada expressão, no silêncio deles.

Eu, flutuante e absorta, dançava sobre uma luz que só eu podia ver.

Veena nos seguiu. Não ousou se aproximar demais, incerta do que eu poderia desejar, pois sabia muito pouco sobre as hijras. Ela também pensou que eu seria capaz de me defender.

Mas então, quando me viu submersa, atacada, dominada, reduzida a menos que a poeira na qual me afundava, um corpo esmagado como se esse fosse o único destino dele, teve a impressão de ver ela mesma, então a raiva floresceu, branca. Do ventre, logo se espalhou para todo o corpo. Guiou a mão de Veena em direção ao chão, em direção à garrafa que ela sabia que estava ali sem nem mesmo precisar procurar, uma garrafa com o gargalo quebrado, exatamente ali onde precisava, porque às vezes uma vontade muito forte pode curvar o mundo a nossas exigências, ela pegou, segurou com força, sem perceber que dessa forma estava cortando a própria mão, e enfiou a garrafa no pescoço do homem.

Ele nem gritou.

Caiu sem esboçar uma palavra.

Eu me levantei. Nós nos olhamos, atordoadas. Ela me abraçou e eu beijei a palma das mãos dela, um pouco de sangue entrou na minha boca. Nós sorrimos, os dentes brilhando na escuridão. Aos nossos pés, o homem jazia, morto, as calças abaixadas até as canelas magras e a camisa levantada.

O rosto deformado pelo choque era horrível de se ver. Mas então ele nos pareceu minúsculo, uma coisa insignificante, boa apenas para ser pisada. Aniquilado dessa forma, era apenas humano, simplesmente humano, com suas necessidades, sua estupidez, sua inutilidade, suas penas. Um homem, nada mais.

Estava consumado.

O vento começou a soprar. Nós estremecemos com a carícia daquele céu infinito. Nossa pele se arrepiou. Nos perguntávamos se o raio cairia sobre nós pelo ato que acabávamos de cometer, mas nenhum arrependimento nos perturbava.

Sem dizer uma palavra, arrumamos as roupas dele e o jogamos no meio de umas imundices, onde o escondemos de qualquer jeito. Os ratos, silenciosos e famintos, já se juntavam. Os abutres rondavam no céu.

Nós voltamos para o acampamento. Segui Veena e, naquela noite, me deitei ao lado dela. Dormimos sem sonhar até a manhã seguinte.

Assim que acordamos, ao ver nossas mãos e rostos ainda sujos, nos apressamos para nos lavar. Apesar do tremor em nosso corpo, voltamos a caminhar com os outros, na esperança de que a morte do homem só fosse notada quando já estivéssemos longe. Na esperança de que, por uma vez, o destino lançasse os dados em nosso favor.

As mulheres do Beco e as hijras ficaram surpresas ao ver que caminhávamos juntas, quase coladas uma à outra, mas não disseram nada. Talvez soubessem o que tínhamos acabado de viver. Elas não diriam nada: era sobre a sobrevivência de todas nós.

Caminhamos como sonâmbulas, como autômatos, os olhos assombrados, enquanto o sol brilhava.

Durante todo o dia, esperamos pelos gritos. Aqueles que indicariam que o cadáver havia sido descoberto, que lançariam sobre nós uma onda de caos e nos carregariam em sua devastação.

Eles não chegaram.

Quando a noite chega, ainda estamos de pé; vivas.

Finalmente, quando paramos, ousamos nos olhar e medir nosso ato.

Os olhos de Veena ainda estão repletos de fúria. Ela não se arrepende de nada, não sente nenhum remorso, mesmo que matar um homem pese em qualquer consciência. Meus olhos, eu sei, estão repletos de angústia. Tenho medo de que ela seja punida. Se for presa, ou pior, linchada pela multidão, estarei com ela, dividirei o castigo e a culpa. Mesmo que não sejamos culpadas de nada.

Incapazes de comer ou de dormir, nos afastamos das outras. A dança das mulheres e dos homens continua ao nosso redor, nunca vai parar, mesmo enquanto o mundo desaba, mas nós estamos alheias a tudo. Ainda estou revoltada com a lembrança daquele homem, mas uma parte de mim consegue ter pena dele. Ele também foi escravizado. Ser homem o condenou, o condenou a ser o que se esperava dele, como eu, como Veena, como Chinti.

À noite, voltamos a mergulhar em nosso terror. O céu fulminante, alaranjado pelas fogueiras do acampamento. O abismo nos espreita, nos espera. O amanhã é o desconhecido que nos rodeia. Amanhã poderemos ser queimadas vivas ou jogadas na prisão para aguardar o enforcamento. Amanhã, qualquer esperança de salvar Chinti pode ser destruída.

Veena também reavalia o que fez. A garrafa estava ali, aos pés dela. Ela pegou. Viu a jugular saliente, azul escura do homem, e fez o gesto definitivo, o gesto mais perfeito, o mais irremediável: sem medo nem consciência, com uma raiva contida, uma deliberação soberana e a certeza de ter o direito de fazê-lo, cortou a garganta dele.

Será que foi isso que ele sentiu quando me jogou no chão? A certeza do direito absoluto? Será isso que todos eles sentem?

Naquele homem que me atacou, Veena viu todos os homens. Ao me ver no chão, viu todas as mulheres se debaterem. Foi isso que guiou a mão dela.

Nós nos olhamos e sabemos que não precisamos falar sobre o que aconteceu: sim, nós tínhamos o direito.

Algumas vozes chegam até nós em uma música incerta. Entretanto, estamos sozinhas, unidas por esse crime, unidas por nossa certeza, sob o olhar invisível dos deuses invisíveis.

Naquela noite, escuto ela se debater em sonho. A mão se abre e volta a se fechar, a ferida volta a sangrar. Eu a acordo.

— Chinti... — suspira Veena.

— Sim, Chinti. Só ela importa agora. Nada mais.

Ela se levanta e contempla a maré de carne, talvez então se lembre de que eles também não tem muita coisa, que se agarram ao nada para sobreviver. E como são obrigados a contemplar a risada dos deuses, por que não acreditariam que esse sorriso é para eles? É como jogar na loteria: a gente nunca ganha, mas continua a acreditar. A diferença é que ninguém mata em nome da loteria.

— Deus é a maior das loterias — diz Veena. Apostamos no invisível e no impossível, mas nunca ganhamos.

E finalmente ela ri com um riso franco.

Quando o carro chega em Benares, Chinti não está mais entediada. Ela observa tudo o que acontece na cidade santa, a atividade incessante dos comerciantes, operários, condutores de tuk-tuks, as vitrines das lojas, o brilho dos sáris, a impressionante exibição de joias, os sapatos femininos com saltos tão altos que ela arregala os olhos, ela que sempre andou de pés descalços. E também a comida, que louca abundância pelas ruas! O cheiro requintado das *pakhoras* de cebola, de berinjela, de pimenta, dos *gulab jamun*, dos *rasmallai* e dos *jalebis* açucarados fazem com que ela estremeça de impaciência e de fome, mesmo que Shivnath a tenha mimado durante toda a viagem.

Eles param para comprar todas essas coisas e Shivnath observa encantado sua pequena deusa mergulhar a boca na calda açucarada.

Porém, mais ao longe, a estrada afasta-se da cidade, se bifurca para margear o Ganges e seus *ghat*, os degraus de pedra que levam até o rio. É lá que Chinti vê as piras. A alegria dela logo se apaga. A morte está presente demais aqui. Ela entende isso rapidamente com a sabedoria dos seus dez anos. Ela vê os corpos semi-queimados, os corpos completamente incinerados, os corpos ainda esperando pelo fogo. Vê homens magros, macilentos, seminus, cujo trabalho é oferecer os corpos ao fogo. E as famílias, frágeis e iluminadas pela luz alaranjada, os rostos aflitos. Ela viu vários cadáveres no Beco; de animais, de mendigos, de adultos e de crianças. Mas aqui, é a indústria da morte. Uma longa fila de corpos que esperam sua vez. E depois? — ela se pergunta. O que acontece com eles? E aqueles que são simplesmente jogados na água, levados pelo rio, devorados pelos peixes? Para onde vai a alma deles?

O desconhecido impregna demais essa cidade para que seja possível se sentir bem ali. Chinti começa a ter medo daquele lugar estranho. Tem a impressão de que quando respira faz entrar dentro dela todas aquelas cinzas, que vão consumi-la por dentro. Quando um mendigo de cabelos desgrenhados bate na janela, ela se joga nos braços de Shivnath.

Ele a pega no colo, abraça e acalenta a menina suavemente.

— Não fique com medo, minha criança — ele diz a ela. Vou te proteger de tudo.

Ele cruza no retrovisor o olhar do motorista e se surpreende com a fúria que lê nesse olhar. Ele pensa que precisa demiti-lo, antes de se dedicar novamente a Chinti.

Na noite que cai, os braços dele envolvem o pequeno corpo macio, as mãos acariciam a pele: os braços, a cintura, as bochechas suaves, os pés minúsculos. A ternura e o desejo se misturam nos gestos dele. O cheiro de Chinti está dentro de suas narinas. Ele está em um lugar de delícias que nem ousava imaginar. Resta apenas uma etapa, se quiser experimentar o êxtase.

Shivnath não tem medo do cheiro da morte. Também não tem medo dos cadáveres. Está mais ou menos convencido de que não há nada depois, que tudo acontece aqui, agora, nesse presente que ele cultiva com tanto requinte e no qual construiu uma vida tão deliciosamente rica, tão perfeitamente de acordo com os próprios desejos que, se acreditasse no karma, diria que foi um santo em uma vida passada. Somente um santo poderia esperar desfrutar, na vida seguinte, da santidade, da riqueza e do prazer ao mesmo tempo. Dito isso, os deuses hindus, se levarmos em conta os livros sagrados, geralmente também não se privam. Eles vivem em suntuosos palácios, cercados por seu(s) cônjuge(s), por *apsaras*,[14] por servos. Os menores desejos são atendidos, de modo que, aos olhos dos fiéis, os deuses vivem em uma opulência digna de Bollywood. Por outro lado, espera-se que os profetas humanos levem uma vida de abstinência exemplar.

Shivnath sabe que deve seguir camuflado. Nossa época é menos tolerante do que no passado. Antes, uma filha de prostituta de dez anos sob a proteção de um *swami* não causaria escândalo. Agora é diferente. Ele precisa avaliar a credulidade dos fiéis e acompanhar as informações que recebem por telefone dos quatro cantos do mundo. Bastaria que uma maldita feminista ficasse sabendo dele para que a mídia caísse em cima. Ele sabe que agora todos estão sujeitos ao julgamento internacional, que nada tem a ver com o julgamento de seu povo, que não dá a mínima para filhos de prostitutas. O politicamente correto reina e devemos mostrar respeito às mulheres, às crianças, aos pobres, aos intocáveis, etc. Mesmo um primeiro-ministro tem que fingir se curvar ao julgamento internacional, pensa Shivnath, mas na realidade continua fazendo o que quer. Desde que tudo fique entre nós, não há problema. Você pode estuprar as mulheres e massacrar os muçulmanos, desde que não seja pego. Esses malditos meios de comunicação nos expõem constantemente ao olhàr dos ocidentais, que, pelo menos na aparência, dizem respeitar as mulheres e se opor a qualquer forma de injustiça social!

Então, melhor avançar devagar.

Há uma fila de piras; não há começo nem fim. Chinti não para de tremer. Ela esconde o rosto contra o peito de Shivnath. Tudo nele é reconfortante, principalmente essa ternura que a protege da feiura, dos cheiros e da tristeza. Ela também sente que alcançou um estado de felicidade absoluta que nunca gostaria de deixar. Ficar ali, naquele belo carro, ao lado de Shivnath, seguindo tranquilamente por estradas esburacadas, protegida do calor e das pessoas, e principalmente daquelas crianças que batem regularmente na janela pedindo esmola, com suas feridas, deformidades e olhos imensos, que parecem demais com os dela mesma. Não sair nunca dali, ou apenas para entrar em uma bela casa como a de Shivnath, apenas para viver uma vida de princesa, de deusa.

Acima de tudo, acima de qualquer coisa, não andar para trás em direção à prisão onde cresceu. Alcançar o esquecimento, aqui, nesse mundo fechado cuja voluptuosidade ela percebe inconscientemente. Ela respira o jasmim das flores que enfeitam o painel, sente o cheiro do uísque que Shivnath bebeu durante toda a viagem e cuja acidez no hálito dele não lhe parece repulsiva, e ela vive como gostariam de viver todas as crianças do mundo, em um casulo de onde todos os perigos são afastados, onde apenas a beleza e a segurança a abraçam.

Que permaneça para sempre lá fora o grande fogo de lenha alimentado pela carne humana!

Em breve o crepúsculo de Benares impregna Shivnath com sua melancolia. O céu vai ficando nublado pela fumaça atravessada por breves raios que se tornam iridescentes antes de se apagarem. O marrom, o índigo, o vermelho do crepúsculo se misturam e se fundem nos clarões alaranjados das piras.

Logo resta apenas o fogo, os cânticos litúrgicos entoados às beiras do Ganges e as pequenas chamas das lamparinas flutuando na água. É uma paisagem que se assemelha aos últimos instantes do mundo. Os cadáveres inteiros, ou aquilo que sobra depois da incineração, são levados pela água oleosa, lenta, negra, dos séculos. Os cânticos, ritmados por *manjiras*, tablas e sinos dos templos, parecem altivos, mesmo quando as vozes são desajeitadas. Os jovens sacerdotes vestidos de amarelo, com o peito nu, a testa adornada com um *tilak* vermelho e amarelo, parecem ser todos bonitos; a pele morena e os cabelos pretos refletem as luzes.

Benares é o local da última prece.

Centenas de milhares de pessoas, como palha carregada por um rio transbordante, mergulham nas águas escuras, bebem, absorvem a água por todos os poros, um enxame de humanidade cuja fé transborda das margens precárias e se alimenta da espiritualidade do lugar, de sua antiguidade, de seu posicionamento auspicioso e dos mitos que o sustentam. Ninguém mais vê o que serve de base para a beleza desumana da cidade: cinzas, mais cinzas, imundície, decomposição e cegueira.

Quando a noite cai, chega a hora grandiosa das piras, a solene inscrição no céu escuro, a pontuação das brasas, dos ossos quebrados e dos cérebros estourados, o raspar das pás no chão, a irradiação dos corpos. Enquanto Chinti esconde o rosto, Shivnath lamenta a brevidade da passagem. A felicidade, ele sabe, não vai durar. Um dia, mais cedo ou mais tarde, ele também virá a Benares para ser oferecido às águas do Ganges. Ele mergulhará na podridão dos séculos. Ele se desintegrará nas chamas.

E então desaparecerá, como se jamais houvesse vivido.

Ele serve um grande copo de uísque e bebe, bebe como se a queimação do álcool em sua boca, em sua garganta, em seu esôfago, pudesse dominar o outro, sempre presente, sempre à espreita. O álcool sobe para a cabeça. Ele começa a chorar silenciosamente de desejo. A mão sobre o corpo de Chinti, carícia roubada.

Até que ponto ele irá? — ele se pergunta. Uma vez lá, imporá ao seu instinto a mesma vontade que teve até agora?

A mão dele desliza para debaixo da saia sem que ele se dê conta. Toca as pernas magrinhas, sobe um pouco em direção à coxa, lá onde a pele é tão macia, tão fresca que parece feita da matéria das nuvens ou dos sonhos. Uma coxa de criança, ele pensa emocionado, é um presente do céu. Uma prova do milagre da existência.

Mas então Chinti se apruma, escapa; olha para ele com olhos imóveis e nus. Um olhar demasiado adulto que o obriga a se afastar, a retirar apressadamente a mão, enquanto um terror nasce dentro dele diante do peso daqueles olhos.

A formiga viu de tudo ao longo de sua breve vida no Beco. Ela sabe de tudo. A parte da criança dentro dela tenta rejeitar o que acabou de compreender, tenta refazer o casulo no qual estavam envolvidos durante toda a viagem, Shivnath e ela. Mas a outra parte, a filha de Veena e de mais ninguém, sente despertar dentro dela uma raiva minúscula, mas afiada, uma raiva em nome de Veena. E essa pequena chama começa então a revelar aquilo que ela não tinha imaginado até então. Talvez nunca tenha sido realmente enganada. Talvez quisesse com todas as forças, com toda essa vontade que a manteve inteira até agora, inteira, de pé e salva do Beco, que Shivnath fosse o salvador que ela esperava: ele, o deus que ele fingia ser, e ela a deusa que ele criaria ao lado dele, dois sóis virtuosos. Mas a raiva em nome de Veena conta a ela outra história, muito mais mundana, muito mais triste. Debaixo de seus pés, a pequena nuvem flutuante se desintegra quando surge dentro dela uma evidência de sabor amargo. A formiga mostra suas mandíbulas, para morder, para se defender.

Shivnath tenta reconfortá-la com um sorriso, rapidamente oferece um chocolate, depois uma Coca-Cola, aperta a bochecha dela afetuosamente, mas está assustado, bem no fundo, aterrorizado de perder sua pequena deusa, sua pequena mulher preciosa, seu milagre. Ele respira devagar para não assustá-la, para voltar a ter a dobra macia do corpo dela contra o seu, aquela confiança que o inundou de graça. Mas ela permanece firme e ríspida, algo inflexível no rosto, enquanto luta contra os próprios instintos.

Ela acabou comendo o chocolate, quase a contragosto, e bebendo a Coca-Cola. Em seguida, fechou os olhos, preferindo, talvez, não ver nada e se deixar embalar pelo movimento do carro nas estradas esburacadas. Na boca, uma pontada de preocupação. Um estremecimento nas narinas, como um animal farejando o perigo.

Novamente, a queimação do uísque faz Shivnath estremecer. Ele se imagina colocando os lábios naquela boca pequena e sentindo o gosto de açúcar do último bolo que ela comeu, do chocolate e, enfim, o gosto da própria Chinti.

Mais uma vez, diz o uísque. Paciência, responde Shivnath.

Ele vai amansá-la. Ela pertence a ele. Ele é o conquistador.

O carro freia bruscamente. Uma vaca está deitada atravessada na estrada. Mas, pelo retrovisor, é para Shivnath que o motorista olha fixamente.

Shivnath se apruma, irritado.

— Contorne a vaca, idiota! — ele diz.

O motorista obedece.

Enfim, eles chegam ao templo que Shivnath mandou construir na periferia da cidade, com vista para os *ghat* e para as piras alinhadas. Ele é recebido como um rei. Ele carrega nos braços a menina exausta.

Ele conta aos sacerdotes reunidos sobre a visão que teve e que revelou a natureza divina de Chinti. Como Kali é a protetora dela e como a criança realizou curas milagrosas (uma mentira descarada, mas que ninguém ousará contradizer). Ele acrescenta que os sinos do templo tocaram sozinhos no momento em que ela nasceu; e que o fogo dentro dela brilhava tão forte que guiou os passos de Shivnath para os lugares miseráveis onde ela vivia.

Empolgado, Shivnath floreia, elabora, se inflama. Ele se torna grandiloquente, enquanto os sacerdotes olham para ele com uma desconfiança difícil de esconder. Eles gostariam de dizer a ele o que pensam dessa farsa, mas Shivnath tem o dinheiro e o poder.

Esse templo é dele. Se é preciso fechar os olhos para esse assunto para cumprir as obrigações de caridade, eles aceitam com o pragmatismo da velha, velha religião.

— Vamos consagrá-la em uma grande cerimônia quando os peregrinos chegarem — anuncia Shivnath.

No instante em que vai levá-la para casa atrás do templo, onde geralmente fica hospedado, o mais velho dos sacerdotes o detém.

— É melhor que ela durma no templo — ele diz. Assim, será purificada todos os dias até a consagração.

— Mas ela já é pura! — exclama Shivnath.

— Não devemos negligenciar nenhuma precaução, *Swamiji* — responde o outro. Não deve haver nenhuma dúvida a respeito dela. Não digo por nós, mas por nossos fiéis.

Shivnath fica furioso, mas diante dos olhos sérios do sacerdote, é forçado a aceitar.

Ele carrega Chinti para uma pequena sala ao lado do grande salão do templo, onde os sacerdotes colocam um colchão fino no chão, bem como um lençol leve para cobri-la. Chinti ficará ali, sozinha, entre as imagens e as estátuas dos deuses e deusas que olham para ela com uma espécie de indiferença zombeteira através das brumas do incenso.

Benares; a multidão densa, compacta; as pessoas coladas umas às outras. As mulheres do Beco acham que é de propósito, para encostar nelas melhor, mas é principalmente porque não há espaço. Não há espaço nesse país superpovoado, não há espaço para respirar, para escapar da multidão, da horda. Os cheiros tornam-se insuportáveis, os ruídos ainda mais.

Mas não fomos massacradas. Ninguém notou a ausência do homem que Veena matou. Será que a vida dele tinha tão pouca importância? Assim como Veena, se ela morresse na beira da estrada? No fim das contas, o indivíduo não conta. Somos formigas presas, condenadas a seguir esse caminho iniciado no nascimento e que nos levará à morte. As formigas andam em fila, percebem a passagem das outras, o rastro da fome, e é só isso que procuram, comida para hoje, para elas mesmas e para as outras, depois comida para amanhã, e assim por diante, até a exaustão. Entre todos esses seres que avançam na mesma estrada, como distinguir um só? Como sentir falta de um só? Não tenho nada a temer, pensa Veena, não importa o homem que você era, com sua força bruta, suas mãos vazias, seu pênis procurando um buraco para se aliviar, mesmo o de uma hijra, você não é melhor que eu, a escória da escória. No final, sua passagem terá sido breve e cega: o esquecimento será sua mortalha.

É assim, é assim. Todas as formigas, exceto uma, a Formiga, a única que conseguiu escapar, Chinti. Só que ela também não escapou; porque uma mão se estendeu e ela subiu com suas patinhas esguias, louca de esperança, de inocência. O que ela sabe sobre as garras na ponta daqueles dedos e da violência com que a mão se fechará sobre ela quando chegar a hora? Todas as formigas no caminho de cinzas, vamos caminhar, caminhar, o cansaço pouco importa, é a vida que cansa, nada mais, teremos muito tempo para descansar depois, então vamos caminhar nessa tal peregrinação em que a multidão arruína a terra e a torna estéril, em que as pessoas roubam, estupram, matam, morrem, tudo em nome dos deuses. Continuemos, vamos caminhar, porque não há escolha: paradas seremos pisoteadas como a relva, como as plantas, como os vermes, como as formigas. Tanto pelos homens quanto pelos deuses, se é que eles existem!

O pensamento de Veena é uma colmeia onde as abelhas zumbem, giram, observam tudo ao redor, à espreita do perigo. Ela não pode evitar. O corpo dela exige Chinti com todas as células. Ela quer andar mais rápido, mas aquela massa de carne suada, mal-cheirosa e gotejante, como um polvo de mil tentáculos, a impede.

Ela precisa se curvar ao ritmo dos outros, àquela cadência desajeitada. E a preocupação dela aumenta, aumenta, assim como a minha.

Mas quando entramos na cidade propriamente dita, algo dentro de nós se enfraquece.

Essa cidade não se parece com nenhuma outra. É eclética, antiga e moderna, absurda e grotesca, terrível e magnífica. Vai além da nossa compreensão do mundo. O céu tem uma cor estranha, pontuado pelos picos dos templos, os *gopurams*.[15] A poeira e a fumaça não chegam a mascarar a rica cor dos templos e a textura da pedra que foi polida ao longo dos séculos. Espíritos errantes se manifestam por toda parte e uma profusão de profetas e de sábios com seus olhos visionários, imersos no cheiro da maconha. Tudo isso em um ambiente quase pacífico, como se o local conseguisse extinguir, durante o tempo em que estavam ali, a tentação da violência humana.

No entanto, são as mesmas pessoas, o mesmo povo, a mesma multidão. Mas algo, debaixo de nossos pés, parece alterado. Será por que a consciência da morte está tão presente? Será isso que, de repente, ilumina os rostos, suaviza as palavras e os humores? Pois deve-se merecer a próxima vida. Então, todos tomam cuidado, pensam duas vezes antes de agir, andam na ponta dos pés para não esmagar as formigas. Chegar a Benares é entrar na antecâmara da morte. Todos são obrigados a estar atentos.

— Imagina se você der um passo em falso aqui, se você cometer uma ofensa, um pecado! — murmura Veena. Bum! Você renasce como uma lesma na próxima vida!

Ela ri ao ver essa multidão que repentinamente se tornou dócil, uma massa piedosa como as lesmas ao redor.

— E você? — pergunto a ela. Não tem medo da sua próxima vida?

— Não. Fiz o que era preciso. E se renascer como um inseto, melhor ainda! Minha vida será breve e menos triste. E depois, se eu for uma mosca de merda e me disserem que eu era prostituta na vida passada, responderei que agora, pelo menos, eu gosto da merda na qual eu afundo!

Sem conseguir mais se segurar, ela desata a rir.

Ah, Veena, Veena! Nada vai conseguir deter a vontade dela. Nada vai fazer com que mude de ideia.

Ela continua a olhar para a cidade com olhos novos e curiosos. É assim que percebe que, enquanto todos se aglomeram como um cardume subindo um rio, todos juntos, ricos, pobres, turistas, locais, castas altas e baixas, sacerdotes e prostitutas, eles se desviam instintivamente quando certos habitantes da cidade passam, criando uma bolha de ar e silêncio ao redor: são os *Doms*, esses mais que intocáveis cujo trabalho é queimar os mortos.

Mesmo que necessários para as piras, eles estão ainda mais abaixo do que os *chamars* que trabalham com o couro, pois mergulham as mãos na carne dos homens. Estão ligados ao mito de Harischandra, um rei muito virtuoso de alta casta que, como Jó, foi colocado à prova pelos deuses para testar sua virtude e fé. Tendo abandonado todos os seus bens, Harischandra é vendido a uma casta de intocáveis cujo trabalho é queimar os mortos. Ele realiza esse terrível trabalho até o dia em que sua esposa, que também foi vendida, traz para ele o cadáver do filho deles, morto de fome, e pede que ele o queime. Harischandra aceita, mas exige que a esposa pague pelo serviço, como todos que procuram os serviços dessa casta. Ela responde que ele sabe bem que ela é muito pobre para pagar. Então, ele diz a ela, não podemos queimar o corpo do nosso filho. É então que, ainda segundo o mito, os deuses, vendo que nada vencerá a retidão dele, intervêm e os levam para o paraíso.

Dito isto, sendo oniscientes, eles poderiam ter visto a pureza da alma dele desde o início e poupado todo aquele sofrimento...

Um dos *ghats* de Benares ainda leva o nome de Harischandra. Mas nem por isso os Doms são reis, mesmo depostos. A partir dos dez anos de idade, eles passam a trabalhar nas piras. O cheiro impregna a pele deles, que se torna acinzentada de viver entre as cinzas. Eles manuseiam todos os cadáveres, jovens, velhos, doentes, amputados, em pedaços, decapitados ou tão perfeitos que é difícil acreditar que estejam mortos. Com o tempo, eles não os veem mais. Envoltos em mortalhas brancas, os defuntos são todos iguais, todos fadados à desintegração. Depois que os corpos são queimados, as crianças são responsáveis por encontrar o que o fogo não destruiu. Eles caminham entre as cinzas em busca de joias, moedas ou utensílios e vasculham a lama do Ganges para recuperar o que pode ser vendido. Eles recolhem os pedaços de madeira que não foram queimados para levá-los para casa, onde serão usados para cozinhar. Tudo nessa indústria é reutilizável. Uma grande lição para os nossos tempos!

Enquanto isso, o Ganges, imperturbável, austero, fortalecido por seus milênios e por seus três mil quilômetros, continua a longa rota rumo à Baía de Bengala, carregando essa poluição que nunca o impediu de fluir.

A cidade é igualmente imperturbável. Apesar da degradação dos homens, ela resistirá. Ela não se importa com isso. Cada um encontrará aqui o que lhe convém. Uma cidade santa é uma cidade santa e nela até os excrementos são abençoados. Aqueles cujo trabalho é retirá-lo, carregando-o em grandes cestos na cabeça, também são, de certa forma, abençoados. Pela merda.

Assim se entra na cidade como se entra para uma ordem: com submissão, sem fazer perguntas ou então você será respondido com versos, com fábulas, com mitos, mesmo o condutor de riquixá, mesmo o verdureiro, e logo você não saberá mais do que queria falar, pois ficará fascinado por essas histórias. Aqui, você tem a impressão de que também faz parte de uma história que sempre será lembrada, mesmo muito depois de você virar fumaça.

Ah, Benares! Não há cidade mais enganosa, mais perversa, mais prodigiosa em subterfúgios.

Cambaleantes, de olhos arregalados, o coração desnorteado, os peregrinos procuram um lugar para se acomodarem e descansar, sabendo que finalmente chegaram ao fim da jornada de vivos.

Assim, eles se dirigem juntos em direção ao templo de Shivnath.

Shivnath

Sozinhos. Finalmente. Finalmente.

Depois de todo esse tempo, ele tem a impressão de que uma bolha se formou em torno deles, uma bolha-mundo, uma bolha-universo onde ninguém pode entrar, sozinhos, finalmente sozinhos, presente confuso e doloroso e deslumbrante, sua filha, sua criança, sozinhos, finalmente, finalmente. Foi na ponta dos pés que ele entrou, carregando-a nos braços, oferenda morena à imensidão de seu amor. Foi prendendo a respiração que ele a colocou sobre o colchão, ajoelhado, sorridente, reluzente de alegria.

Ele a fez beber leite ao qual acrescentou um pouco, bem pouco, de cânhamo indiano. Apenas para ajudá-la a dormir nesse lugar pouco familiar, nesse colchão fino demais. Ele mesmo tirou as belas roupas que irritariam a pele dela com aqueles fios de ouro, lantejoulas e organdi rígido. Ele a cobriu com um lençol, mas quando dormiu, ela o afastou, se virou para sonhar melhor e ele viu as costas nuas da menina, tão macias, cobertas por uma película de suor, e ele não conseguiu evitar de colocar a mão ali; sua mão de homem que a cobria quase por inteiro.

— Ah, Chinti, Chinti... — ele murmura, atordoado.

Ele se inclina sobre ela, se inclina, diz a si mesmo que ninguém pode vê-lo, que por uma vez, apenas uma vez, ele poderia, ele poderia, mas o quê, o que ele fará com ela, ele se pergunta, ele que nunca possuiu uma criança, é um limite que ele não ultrapassou, mas o que são limites senão barreiras que construímos por ignorância e medo, proibições arbitrárias com as quais os homens se cercam, às vezes com razão, mas muitas vezes sem motivo, apenas porque a sociedade decidiu dessa forma, e quem disse que a sociedade sabe mais que um homem santo, por que logo ele deveria respeitar essas regras uma vez que sabe melhor o que deve ser feito, vejamos, não vamos nos iludir, esta criança não é uma criança, esta criança que é um ser de graça e beleza será em um ano, ou nem isso, em seis meses, ou mesmo em três, mais um corpo à venda, à venda para a luxúria dos homens, mais um naufrágio nos recifes do mundo, criança divina ou não, ela ficará irreconhecível, amarga, aflita, brutalizada, desavergonhada, não, isso para ela não, para Chinti, isso não, não esse futuro de esqueleto com olhos imensos de afogada, lançada a outros homens que colocam sobre ela as patas sujas, os olhares malignos, as bocas doentias, os... não, isso para ela não, para Chinti, não, uma vez que ele reconheceu o que ela tem de maravilhoso, de milagroso, ele não é um estuprador de crianças, não, isso, nunca, nunca, ele será seu adorador, vai respeitá-la, oferecer a ela o que ela tem direito, o amor, a adoração, um tão doce prazer, o que ele não daria, senhor, por isso, e o uísque ronca em sua barriga e a respiração queima e as lágrimas nublam seus olhos, e ele está cheio de uma lava que só esperava aquela noite, aquele momento para estourar, é agora, agora, não há escolha, ele deve deixá-la jorrar, é todo o seu amor que ele quer dar a ela, seu servo, seu escravo, ele se esquece de todas as ambições pueris para dizer a si mesmo que é hora de se ajoelhar diante da única, da verdadeira deusa.

Na cabeça dele, tudo se mistura: desejo de homem, adoração mística, superstições falsas, espiritualidade dissimulada — tudo o que constitui Shivnath e que o trouxe até aqui, nesse instante.

Finalmente.

Aqui estamos, finalmente, finalmente. Diante desse templo com a cúpula esculpida, sobre a qual dançam mil deuses e quatro mil braços, pisoteando os pecadores, estrangulando os monstros, apontando os olhos esbugalhados para os peregrinos.

Estamos aqui, nós, mulheres do Beco e hijras unidas, finalmente no fim de nossa busca.

Ninguém fala nada. Nos olhares é possível ler a angústia de ter vindo até aqui à toa, o medo dos sacerdotes e a elevada fúria que nos sustentou durante todo esse tempo, durante toda a viagem.

Ficamos ali, imóveis, oscilando entre todas as emoções que nos guiaram até aqui.

O que Chinti está fazendo nesse momento? Onde ela está? No que ela está pensando? Será que está com medo da anunciada cerimônia de consagração? Será que pensa na mãe? A mãe com as mãos ensanguentadas?

Mas não temos todos as mãos ensanguentadas? Eles também, os sacerdotes, cuja palavra deixou nas pedras e nas carnes um rastro assassino, muçulmanos, hindus, cristãos, intocáveis, mulheres, todos passaram por ali e depois o grupo seguinte, o bando que se inflama tão facilmente, o bando que tão rapidamente abandona qualquer pensamento autônomo e deseja apenas a solução da violência... Ah, esse país, esse país também tem as mãos ensanguentadas, os beiços entreabertos revelam presas e não dentes. Ele tem os deuses que merece.

Veena e eu contemplamos esse templo que parece tanto uma fortaleza quanto um engodo, tão novo em comparação com os templos assentados em suas bases por séculos, muito liso e muito bonito com suas cores fortes. A oxidação não começou seu trabalho nem o vento seu desgaste; apenas a poeira e a fumaça embotam o brilho dos ouros e dos mármores, mas os criados estão lá para varrer tudo, lustrar, polir, de modo que, após uma ou duas horas, o templo volte a brilhar.

Veena está tensa, como se fosse explodir. Ela está à espreita.

E de repente ela ouve, nós ouvimos, vinda das entranhas do templo, uma vozinha bem familiar.

A noite avança. Dois caminhos se apresentam para Shivnath. Aos seus pés, sua sombra se multiplica.

A noite avança. Ele não tem muito tempo mais.

O instante em que tudo se decide, o instante em que uma porta voltará a se fechar atrás dele com uma batida surda. Olhe, Shivnath. Você está na última fronteira de sua humanidade.

Olhe esse instante que nunca mais voltará: você está diante do espelho da eternidade.

Essa noite é a hora do abrasamento.

Essa noite é o saciamento de todas as suas sedes.

Essa noite é um planeta inexplorado.

Essa é a noite em que você poderá finalmente transpor a última proibição.

Ele está ajoelhado.

Então ele decide.

Ele abandona a luta que travava internamente e que ainda o mantinha longe da fronteira.

Adeus, consciência inútil, adeus, moralidade absurda, adeus ilusões de bondade: os ombros se livram de um fardo, o pescoço fica mais leve, o corpo vibra com a expectativa. Sol nascido no abdômen quando ele se inclina. As duas sombras dele se unem como duas mãos.

— Ó deuses, dai-me vossa força e vigor! — ele exclama internamente.

Um fulgor o domina.

Mas.

Mas, mas.

Os deuses nem sempre obedecem a um Shivnath. Não mais que aos outros.

Estupor. O belo mecanismo trava. Logo que levanta, o pênis cai. Tudo desmorona. Estupor.

O sol interior se esconde de vergonha.

Ele não entende, mas não se preocupa. Ele se acaricia furtivamente, surpreso com esse mau começo — isso nunca tinha acontecido com ele até hoje.

— Vamos, seja legal, coisa deliciosa... Obedeça... O paraíso te espera!

Mas a coisa deliciosa demora a obedecer.

A coisa deliciosa até parece morta.

O quê? Ele? Impotente? Impossível! Ele tenta trazer de volta a rigidez sanguínea de antes, mas embora seu corpo estremeça como uma panela de pressão, na parte inferior do abdômen, nada acompanha: calma mortal.

Ele não acredita. Olha ao redor, suspeitando de uma força sobrenatural agindo contra ele.

O lugar está cheio de redemoinhos, ondas, ventos fortes, confundindo sua cabeça.

As estátuas parecem olhar para ele com os olhos de pedra. Um grito áspero chega até ele do céu. Desde a noite, uma constelação terrível acorda como se fosse atingi-lo, se por acaso, se por acaso ele ousasse.

Ele, o incrédulo orgulhoso, começa a tremer com um medo religioso que nunca conheceu. Ele está suspenso entre o desejo e o terror, hipnotizado pela respiração de Chinti que levanta as costas dela em um ritmo suave, o rosto adormecido, a boca carrancuda e úmida, as jovens bochechas tristes de sono, os cabelos cheirando a incenso, hipnotizado por esse amor que o deixa imóvel e o invade com sensações tão contraditórias que ele não sabe mais quem ele é. Lá fora, os sinos tocam, as flautas de conchas trombeteiam, as vozes ressoam e em Benares, que nunca dorme, os deuses dançam entre as chamas.

Ele, o incrédulo orgulhoso, embebido em uísque e em um amor assassino, vê Chinti escapar por causa da traição de seu próprio corpo, mas também por causa dos múltiplos olhares das estátuas, cravados nele, que parecem condená-lo por um erro que ainda não cometeu.

Ele, o incrédulo orgulhoso, começa então a cutucar o pênis para acordá-lo. Ele não deve, não, se deixar enganar pelo medo, nenhuma punição o espera. Quem ousaria erguer a mão contra ele, ele, Shivnath, Ele, o maior de todos, explorador da abissal estupidez dos homens, tecelão de mitos e mentiras, mestre das chuvas e da seca, Ele, Shivnath, cultuado no próprio templo, Ele, Shivnath, o Homem absoluto!

Como então, como, como ele pode perder o poder diante de uma formiga?

Esse nome, Chinti, esse nome, "a formiga", o faz lembrar o que ela é.

E também o que ela não é.

O que ela nunca será.

Uma deusa.

Uma deusa?

O absurdo desse pensamento o faz rir. Como se Kali fosse reencarnar em uma criança do Beco, nascida da carne de uma pecadora como Veena, Veena a quem ele deu esmola com o próprio corpo, ela devia a ele pelo menos isso, uma criança, um brinquedo, um brinquedinho para divertir os sentidos dele, isso é tudo que ela é, Chinti, finalmente, um brinquedo, é isso, nada mais, nada mais que um brinquedo que dará a ele uma hora de deleite, um dia, mas não um milagre, uma miragem, é isso, rapidamente apagada pelo vento, logo aniquilada por sua presença masculina: Ele.

Ele, impotente? Não, não, nunca! Ele não.

O medo o faz suar, misturado com uma raiva que faz tremerem suas bochechas, estômago e coxas, uma água azeda escorre de suas axilas e molha as dobras do pescoço, uma água salgada que toma conta dos olhos, escorre pelo pênis flácido, borrachudo como um pepino do mar. Ele tem a impressão de que logo os intestinos também cederão para completar a humilhação, e então ele não passará de um trapo, uma lesma, uma larva. Mas não, é impossível. Essa maldição, ele entende agora, vem de Chinti. Antes dela, nunca houve a menor dúvida, o menor medo, o menor fracasso. Mas ela tanto o fascinou, enfeitiçou, manipulou com seus truques diabólicos, que no momento em que ele deveria receber a justa recompensa, é então atingido em sua natureza de homem, sem dúvida, sem dúvida, foi ela que o colocou nesse estado, nesse torpor doentio, ele nunca fedeu tanto, ele sente o próprio cheiro como o de um animal, de um cachorro sarnento, de um rato morto, ele deve se livrar dela, é o que tem que fazer para voltar a ser Ele, verdadeiro, inteiro, forte, magnífico, ele tem que se libertar, ele tem que...

Tremendo pela raiva e pelo fracasso do próprio corpo, ele coloca as duas mãos no pescoço de Chinti e começa a apertar.

À nossa volta, a cidade estremece. Essa cidade mais antiga que os deuses, essa cidade que transcende as épocas e a eternidade, essa cidade que não parece ter sido criada pelos homens, mas pelas convulsões da terra, pelas agitações do rio, pelos suspiros do céu e pela conflagração do relâmpago, essa cidade pintada com o pincel da fumaça e das chamas, que absorve as tristezas e as esperanças, as aspira e as engole, impregna-se delas e torna-se pesada, cada vez mais pesada, tão pesada que logo afundará como um navio nesse oceano de cadáveres, ela agora vibra e estremece e ressoa com um dobrar de sinos anunciador que arrebata as pessoas no coração, que as imobiliza no meio de suas atividades, que as faz virar para o céu ou para os templos ou para a terra se perguntando de onde vem aquele som, aquele som de todos os fins, aquele estrondo de um monstro há muito adormecido que finalmente acorda. O céu assume as cores da lava, o ar fica carregado com um veneno, o chão está mais movediço e escorregadio, os devotos caem de joelhos pedindo perdão. Aqueles que já estavam imersos no Ganges são arrebatados por uma onda tão violenta e tão breve que permanecem lá dentro desnorteados, sem saber se devem se deixar afogar em um último sacrifício que proporcionaria a eles a paz eterna, fora do ciclo dos renascimentos. Ou então fugir para um regozijo final. Mas a vergonha e a culpa os impedem, então eles ficam imóveis e esperam que a cidade expresse a vontade dela — se eles devem morrer aqui, por que não? Que lugar melhor poderiam sonhar para o fim da vida?

Mas a cidade dá pouca atenção aos milhões de formigas anônimas que pululam dentro dela. Ela zomba dessas mortificações infinitas, dessas encenações ridículas de uma espécie que nunca entendeu seus limites e que ainda pensa que pode agir sobre o próprio destino. Na verdade, a cidade estremeceu por um único Ser: Chinti.

O mesmo tremor que sacode a cidade faz Veena hesitar.

Naquele momento, Veena poderia ser uma elefanta, uma macaca, uma rata ou uma mulher, tanto faz, todas iguais, uma vez que todas são mães. E a cidade também é uma espécie de mãe.

Benares carrega a morte no ventre como uma criança sublime e não é possível colocar os pés na cidade sem acreditar que a morte é nossa amiga.

Seria a morte filha de Benares?

Ou será que a morte é a mãe de todos nós?

O fato é que tanto Veena quanto a cidade perceberam o lamento, o chamado, o grito de uma criança ameaçada. Não, não apenas elas, mas todas as mulheres, todas, pois elas se levantaram e se viraram em direção ao templo de Shivnath. Primeiro nós, as mulheres do Beco e as hijras.

Nós nos apressamos. Sem esperar, sem palavra, sem sinal. Nenhum sacerdote poderia intervir contra aquele bando cujo único objetivo não era destruir, mas salvar.

Nos espalhamos pelo templo e seus anexos em busca de Chinti.

E nós a encontramos.

O grito de raiva parece vir de todos os lugares ao mesmo tempo. Assustado, Shivnath se levanta e abandona Chinti, que grita com os olhos arregalados.

Ele olha em volta e não vê ninguém. Apenas a chama das lamparinas ilumina o cômodo, mas ela vacila com uma rajada de vento e depois se apaga. Restam apenas os brilhos que vêm do lado de fora, avermelhados como todos os brilhos de Benares.

É nesse exato momento que as estátuas começam a se mexer, a ganhar vida.

Até então imóveis em suas formas dançantes, elas se tornam a manifestação do medo dele.

Os olhos estão fixos nele, as bocas se abrem em um ricto, os braços multiplicados se agitam, as pernas desproporcionais martelam de raiva no chão.

Depois todas se lançam sobre ele.

Em sua loucura, Shivnath não nos reconhece, nós, as mulheres do Beco, nós, as hijras, que entramos na sala e vamos em direção a ele como estátuas de pedra que a raiva anima e incendeia.

Naquele instante preciso, todas nós nos parecemos com Kali, a deusa soberana e subterrânea, devoradora de fígados e corações. Pisoteamos a terra até fazê-la tremer. Aos olhos de Shivnath, estamos prontas para massacrar os homens, beber o sangue deles, sugar o ar dos pulmões deles, eviscerá-los. Somos a vingança da terra e a imensa fúria das mulheres sempre ajoelhadas diante da onipotência dos homens.

Agora, somente agora, Shivnath entende que as estátuas e as filhas de Kali eram as mesmas, o tempo todo, deusas escondidas na forma mais humilde. Ele sempre as desprezou, zombou delas, as humilhou, usou até a carne. Ele não tinha ideia de que elas eram mais poderosas que ele. Hoje, ele sabe que elas vieram atrás de Chinti. Vieram para buscar a filha delas, fruto da carne delas, e para se vingar daquele que ousou pegá-la.

A menina, a filha, a descendência sagrada delas: Chinti.

Chinti! Tudo aconteceu quando ela veio ao mundo. Quem é ela ? — ele se pergunta de repente. Apesar do cinismo, ele cresceu em uma sociedade extremamente religiosa. Mas agora ele olha para Chinti e tem a impressão de que aqueles olhos abertos, fixos nele, o queimam, o incineram, que aqueles olhos são esse terceiro olho que Shiva sempre usou para punir aqueles que ousam desafiá-lo. Shiva e Shakti, as duas metades masculina e feminina, as duas partes do divino que as hijras carregam dentro delas e que Shivnath, servo de Shiva, foi incapaz de servir. Mas Chinti, filha deles, filha das duas metades, do equilíbrio do mundo, agora vai destruí-lo.

Shivnath recua, recua, até ficar encostado na parede. Uma das estátuas, a mais terrível, para e se inclina sobre Chinti. Ela pega a menina nos braços, a embala; a tranquiliza com uma canção.

Todas então se voltam em direção a ele. Ele nunca se sentiu tão despido, tão fraco. Homem, mas também nada. A fúria assassina deforma o rosto das estátuas. Ele agora sabe que são mulheres de verdade, nós, as malditas do Beco, mas também mais do que nós. Todas. Caminhamos em direção a ele. Chinti, nos braços da mãe, brilha com uma luz impossível.

Diante dessa fúria, dessa onda de raiva, Shivnath começa a correr como um coelho perseguido pela matilha. Ele corre para uma janela aberta, sobe e pula.

Mas quando ele cai ao pé do templo, a terra desliza e o faz rolar em direção à base da colina que se ergue acima do *ghat* que leva às piras e ao Ganges.

Ele despenca, tentando se agarrar a algo que possa atenuar a queda, mas não há nada, nada, ele construiu o templo bem acima de um *ghat* para mostrar seu poder, mas agora ele rola pelos degraus de pedras gastas pelos pés dos peregrinos e mergulha em direção aos braseiros acesos lá em baixo, que esperam para recebê-lo.

Nesse instante, Shivnath entende o quão frágil é essa fronteira. E muito mais frágil ainda, o corpo de um homem.

Se a cidade pudesse rir, ela o faria. Mesmo assim, todos sentiram ao mesmo tempo uma alegria inesperada.

Shivnath teve seu grande braseiro, sua sepultura brilhante, mas ninguém soube. Em algumas horas, ele estará irreconhecível, idêntico a todos os corpos queimados: um montinho de cinzas e ossos que serão separados pelos Doms e jogados no rio. As crianças vão recolher o anel e o colar de ouro, o que as fará dançar de alegria.

As estátuas vivas saíram do templo tão rapidamente quanto entraram. E com a mesma rapidez, se misturaram à noite, às sombras. Elas desapareceram silenciosamente, enquanto os sacerdotes tentavam em vão entender o que tinha acabado de acontecer.

Ninguém notou o pequeno grupo de mulheres que deslizava suavemente para fora da cidade, tão perfeitamente invisível que mesmo quem passava por elas pensava ter ouvido o bater de asas de um pássaro ou uma brisa passageira.

Ninguém viu a criança bem segura nos braços daquela cujo rosto ainda carregava a fúria de uma deusa.

Ninguém viu o exército de mulheres, fortaleza de carne erguida ao redor dela e da criança para protegê-las dos olhares.

E, ao sair da cidade, ao abrigo de um arvoredo coberto de cinzas, ninguém viu que elas voltaram a se reunir, recuperaram o fôlego e a aparência humana.

Então elas se olharam com os olhos arregalados: vitoriosas, finalmente.

Pensávamos que éramos impotentes diante do destino. Mas algo acordou em nós naquela noite, algo que queimará tudo pelo caminho para Chinti. Para que Chinti finalmente tenha uma vida digna desse nome.

Redescobrimos em nós poderes há muito esquecidos. Uma importância, uma energia que vem acompanhada de uma excitação nunca antes sentida: a de descobrir um poder que apenas começamos a mensurar.

Chinti, ao abrir os olhos, começa a chorar e abraça a mãe. Mas quando me aproximo, ela sorri. Veena a entrega para mim, numa partilha íntima, e eu a tomo nos braços.

Depois ela passa de colo em colo, cada uma a beija, oferecendo a ela aquele amor total que sabem oferecer aquelas que perderam tudo.

Quando a colocamos de volta no chão, ela já está maior. O olhar dela é um desafio.

Ficamos ali, recuperando o fôlego e a razão antes de pegarmos novamente a estrada.

Quando partimos, estamos mais leves. Brilhamos de alegria. Ouço um ritmo debaixo de meus pés que parece se confundir com o da minha música:

Jhumka gira re... Bareli ki bazar me...

E nós explodimos em uma gargalhada fresca e frágil como a paz que desceu sobre a cidade pouco antes das deusas acordarem.

Notas

1. Título honorífico hindu que indica o conhecimento e domínio do ioga e devoção aos deuses e ao mestre espiritual.
2. Marca de tinta na testa, sobre o vão das sobrancelhas.
3. Festa religiosa conhecida como o festival das luzes.
4. Blusa semelhante a um corpete, geralmente curta, deixando a barriga nua, usada junto com o sári.
5. Órgão sexual feminino, ou "passagem divina", "templo sagrado". É símbolo de Shakti.
6. Órgão genital masculino e representação de Shiva.
7. Vestimenta masculina, tecido sem costura amarrado em torno da cintura.
8. Sadhana Shivdasani, atriz indiana.
9. "Suborno".
10. Pequenos cigarros tradicionais feitos a mão com folhas secas de tendu ou apta.
11. Principal escritura do hinduísmo.
12. "Bebezinha".
13. Ascetas seguidores de Shiva, de Sri Vishnu e dos tantras que abdicam totalmente de vestimentas, cobrindo seus corpos apenas com cinzas.
14. Espíritos femininos das nuvens e das águas. Dançam nos palácios dos deuses, para entretê-los e seduzi-los.
15. Torre ornamentada à entrada dos templos.

© Éditions Grasset & Fasquelle, 2021.
Publicado originalmente como "Le rire des déesses"

Ilustração da capa   Julian Warming Astier
Revisão   João Zangrandi

Dados Internacionais de Catalogação na Publicação (CIP)
(Câmara Brasileira do Livro, SP, Brasil)

Devi, Ananda

A risada das deusas | Ananda Devi; tradução Juçara Valentino — 1. ed. — Rio de Janeiro, RJ : Ímã editorial : 232 p, 2024

Título original : Le rire des déesses

ISBN   978-65-86419-33-7

1. Romance francês. I. Título

23-170168   CDD 843

Índices para catálogo sistemático:
1. Romances : Literatura francesa   843
Aline Graziele Benitez- Bibliotecária - CRB-1/3129

www.imaeditorial.com.br